Wer ist hier gestört?

I

Wer ist hier gestört?

WRITTEN BY: OLIVER IGELBRINK

Danksagung

Ich danke DIR, dass du dich zum Erwerb dieses Buches entschieden hast und somit dazu beiträgst, dass meine Geschichte bekannter wird. Zudem möchte ich mich beim BoD-Verlag dafür bedanken, dass er jedem / jeder Autor / Autorin die Möglichkeit gibt, sein eigenes Buch kostengünstig zu veröffentlichen. Außerdem danke ich Annika Beerelsmann, welche mir unmittelbar die Zusage für die Veröffentlichung eines Artikels, der in meiner lokalen Zeitung erschienen ist, gegeben hat. Darüber hi-naus danke ich Acelya Soylu, welche das Cover für dieses Buch erstellt hat. Zu guter Letzt möchte ich mich bei meinen Freunden und Bekannten, welche mir Hoffnung und Ratschläge mit auf den Weg gegeben haben, bedanken. Falls auch DU schon immer ein eigenes Buch herausbringen wolltest, nimm dir die Zeit und tu es, bevor es zu spät ist!

Inhaltsverzeichnis

Kapitel 1: Ungewollter Umzug

„Wer glotz mich denn da schon wieder aus der Ferne an?", fragte sich der fünfunddreißigjährige und knappe zwei Meter große Aurelian, während er aus den Fenstern seiner Erdgeschosswohnung sah, wie er von seinen Nachbarn beobachtet wurde. Dies war nichts Neues, im Gegenteil, tagtäglich interessierten sich Schaulustige dafür, was dieses Mal in seiner Flimmerkiste mit HD-Qualität lief. Das lag daran, dass Aurelian sich gerne sehr spezielle Fernsehsendungen anschaute, solche, die man eigentlich, wenn überhaupt, nur ansehen sollte, wenn man die absolute Gewissheit allein zu sein, besaß. Aurelian konnte sehr ignorant sein, sodass er den nervigen Nachbarn bisher keinerlei Beachtung geschenkt hatte, aber jetzt platzte ihm der Kragen. Er stürmte nach draußen. „Was wollen Sie hier, verdammte Scheiße? Lasst mich in meiner Wohnung doch einfach machen, was ich will!", rastete er so stark aus, dass es seinen Stimmbändern nicht guttat. Ohne ihre Gefühlslage zu offenbaren, zogen die beiden älteren Nachbarn ab. „Meine Fresse!", fluchte Aurelian, dann widmete er sich wieder dem Fernseher zu. Seine Finger waren voller Fettflecken, die daraus resultierten, dass er sich haufenweise Chips reinschob. Einen Job besaß Aurelian nicht, obwohl er keineswegs dumm war. Das Abitur hatte er solide gemeistert, ohne auch nur einmal für eine Klausur zu lernen. Er wollte das Leben genießen, was für ihn bedeutete, dass er jederzeit nur das machte, was ihm lieb war und keinen ätzenden Job antreten oder ein Studium, wo außer ihm bestimmt nur Leute wären, die keine Ahnung von den wirklich wichtigen Dingen des Lebens hätten, zu absolvieren. Als er am übernächsten Morgen die Fernsehzeitung durchstöberte, klingelte es an seiner Haustür. Gespannt, wer da was von ihm wollen würde, öffnete er. „Wir müssen Sie mitnehmen, Herr Xen. Ihre Nachbarn haben uns darauf aufmerksam gemacht, dass sie zu auffälligen Verhaltensweisen neigen!", sagte eine Politesse zu ihm. Aurelian konnte es nicht fassen, er war doch extra in diese ruhige Gegend gezogen, damit er mit keinem Menschen auf der Welt irgendwas zu tun haben müsste. Seine Angehörigen und Verwandten waren alle bereits verstorben und er wollte, nachdem er zahlreiche gleiche Tage in seiner Wohnung erlebt hätte, an diesem Ort sterben, ohne, dass ihm jemand Beachtung schenken würde. Vielleicht hätte er sich lieber eine Wohnung, die nicht im Erdgeschoss lag und ebenso wenig über große Fenster verfügte, ausgucken sollen. „Welche Nachbarn waren' s denn? Zwei an die sechzigjährige, ein Mann und eine Frau mit Glubschaugen?", machte sich Aurelian über die Situation lustig. „Wir legen Ihnen jetzt Handschellen an!", sagte ein kräftiger Polizist, welcher seine Kollegin begleitete. „Die meinen das ja wirklich ernst!", realisierte Aurelian, der sich schon gefragt hatte, ob heute Karneval war und die da vor ihm ein paar Jugendliche, die das immer noch cool fanden, waren. „Nimm das weg von mir!", brüllte er den Polizisten, welcher gerade versuchte ihm die Handschellen anzulegen, an. Jetzt griffen die Bullen hart durch. Sie zerrten Aurelian auf den Rücksitz ihres Streifenwagens,

8

die Frau nahm neben ihm Platz und behielt ihn im Auge. „Werde ich jetzt zu einer lebenslangen Haftstrafe verurteilt?", fragte er.

„Nein. Sie kommen nicht in den Knast!"

„Warum muss ich dann bei Ihnen mitfahren, ne Geldstrafe hätte ich auch so zahlen können, ich hab ne Menge Knete!"

„Das freut mich für Sie!", meinte der Polizist. „Gummiknete?", nuschelte die Polizistin vor sich hin, denn Aurelian sah nicht wohlhabend aus, er trug eine No-Name-Jogginghose und auch sonst kam seine Kleidung eher billig daher. Aurelian räusperte sich, weil der Polizist noch nicht auf seine Frage geantwortet hatte. „Sie werden zwangseingewiesen!", sagte der, mit großer Neugier, wie die Reaktion seines Mitfahrers ausfallen würde. „Wie zwangseingewiesen?", fragte Aurelian. „In die Psychiatrie!", meinte die Polizistin, welche sich um eine besänftigende Tonlage bemühte, da sie davon ausging, dass Mr. Xen gleich sicher wieder ausrasten würde. „Warum das denn?", fragte Aurelian, der sich nicht sicher war, ob sie ihn gerad veräppelten. „Es liegt der Verdacht vor, dass Sie ihre Mitmenschen und gegebenenfalls auch sich selbst gefährden könnten!", gab der Polizist am Steuer von sich. „Das ich nicht lache! Die gefährden meine Ruhe!", meckerte Aurelian. „Verfügen Sie denn überhaupt über die Befugnisse, mich zwangseinzuweisen?", hakte Aurelian bei der blonden Politesse neben sich nach. „Ja, wenn Sie damit nicht einverstanden sind, werden Sie allerdings innerhalb von achtundvierzig Stunden einem Richter vorgeführt, der dann darüber entscheidet!", klärte diese ihn auf. „Super, dann veranlassen Sie das bitte direkt!", befahl Aurelian, womit er klarmachte, dass er sich auf keinen Fall in die Klapse begeben

9

würde. Warum auch? Er neigte dazu, schnell laut zu werden, aber von psychischen Beeinträchtigungen war er gänzlich frei. „Wie Sie meinen!", sagte der Polizist, welcher, ohne das Blaulicht eingeschaltet zu haben, einfach über eine rote Ampel fuhr. „Was ist das denn für' n Vogel?", dachte Aurelian. Aber das sprach er lieber nicht laut aus. „Die sieht ja hässlich aus!", sagte Aurelian, womit er nicht die Frau mit Hakennase, welche ihnen über den Weg lief, sondern die Fassade der Nervenheilanstalt meinte. „Wann bekomm ich denn meine Anhörung?", grunzte er die Polizistin, welche mit ihm durch die Gänge der Psychiatrie lief, an. „Morgen Abend, 20:00 Uhr!", sagte die mit einem Lächeln auf den Lippen. „Wollen Sie mich verarschen? Ich muss ernsthaft eine Nacht und einen ganzen Tag in dieser Irrenanstalt verbringen?", meinte er mit verschärfter Miene. „Mindestens!", antwortete sie und zwinkerte ihm zu. Aurelian kam in sein Zimmer, aber es war nicht nur *sein* Zimmer. Vier Betten standen hier, besetzt wurden sie von drei Kindern und Jugendlichen, die an starken Depressionen oder schlimmen Aufmerksamkeitsdefizitstörungen litten. Er legte sich auf sein Bett, das sein Gewicht kaum tragen konnte. Keine Sekunde verging geräuschlos, der absolute Horror für Aurelian, auch die Kopfhörer, welche er sich felsenfest in seine Ohren gesteckt hatte, halfen nicht. „Wer bist du?", fragte ihn einer seiner Zimmergenossen. Aurelian wusste nicht, wie er am besten mit solchen Leuten sprechen sollte, daher gab er sich distanziert: „Nicht so wichtig, bin eh nur noch bis morgen Abend hier!" Um Punkt acht am darauffolgenden Tag stand die Verhandlung an. In der Nacht hatte Aurelian kaum Schlaf finden können, vielleicht ganz gut, da

10

er dann eventuell zu übermüdet für seine Ausraster wäre, die er sich beim Gespräch mit der Richterin bestimmt nicht verkneifen könnte, wenn diese ihn, mit aus seiner Sicht vollkommen hohlen Behauptungen, konfrontieren würde. „Guten Abend, alles gut bei Ihnen?", fragte die konservativ angezogene Richterin. „Den Umständen entsprechend!", sagte Aurelian, womit er ihr gleich unterschwellig signalisieren wollte, dass er definitiv nicht hier hingehöre. „Kann ich jetzt nach Hause?", fragte er verwundert, da die Richterin nichts weiter sagte.

„Nein, die Kollegen von der Polizei haben mir von ihrer verbalen Entgleisung gegenüber den Nachbarn erzählt!"

„Ich gebe ja zu, dass ich mich da nicht korrekt verhalten habe. Aber wegen so einem Mumpitz wird man doch nicht zwangseingewiesen?", sagte Aurelian, der sich schon freute, weil er sicher war, dagegen könne die Richterin nicht argumentieren. „Wegen so einer Kleinigkeit wird man auch nicht eingewiesen, ein Nachbarschaftsstreit?", dann hätte ich ja schon hunderte Male das Vergnügen gehabt!", merkte sie launisch an. „Dann würde ich jetzt nach Hause fahren!", meinte er, nachdem die Richterin wieder nichts weiter gesagt hatte. „Nein, wenn nur das mit den Nachbarn vorgefallen wäre, hätte ich Sie direkt entlassen und die Gesetzeshüter angepfiffen, warum sie mich mit so einem Schmarrn belästigen. Jedoch haben Sie sich meinem Kollegen widersetzt, als dieser versucht hat ihnen Handschellen anzulegen. Dies in Verbindung mit ihrer aggressiven Art macht Sie zu einer potenziellen Gefahr für ihre Mitmenschen und ihre eigene Wenigkeit. Deshalb bleiben Sie in der Psychiatrie, bis Sie keine Gefahr mehr darstellen!", ordnete

11

die Richterin mit deutlicher Stimme an. „Ich glaub, es hackt!",
schrie Aurelian, der sich bis hierhin extra ruhig verhalten hatte,
aber das übertraf seine Grenze der Akzeptanz. Ohne ein weiteres
Wort ging die Richterin, Aurelian ging auch, und zwar durch sämt-
liche Gänge des Gebäudes, doch er kam hier nicht raus, die Türen
waren verschlossen. Widerwillig begab er sich zurück auf sein
Zimmer, der Fußboden lag voll. „Die Kinder haben scheinbar
noch nie was von Mülleimern gehört!", dachte er sich. Kaputt
legte er sich in die Kiste, komischerweise war er allein. Anstatt zu
viele Gedanken daran zu verschwenden, genoss er es einfach, eine
harte Zeit stand ihm bevor. Wenigstens Ausschlafen ließen sie einen hier. Er hatte schon befürchtet, dass morgens um sieben eine
Person in ihr Zimmer käme, die sie aufweckte und zu eiskaltem
Wasser greifen würde, sollte einer wie ein Stein weiter pennen.
„Cool, du hast ja dein Frühstück ans Bett gebracht bekommen!",
sagte er zu einem Jungen, der gegenüber von ihm lag, während er
noch mit dem Wachwerden zu kämpfen hätte. „Nein, das musst
du dir aus der Kantine holen!", sagte der Junge mit zarter Stimme.
Aurelian musterte ihn. „Gestört sieht der nicht aus! Vielleicht
geht' s hier noch mehr Leuten so wie mir und ich bin nicht der
Einzige, der bloß wegen Schikane hier ist!", überlegte er. „Dann
will ich mich mal auf die Socken machen!", sagte er und lief in die
Kantine. „Hier gibt' s ja nur noch Brot. Die Butter ist alle!", stellte
er fest. Der Teller, den er sich geschnappt hatte, um darauf sein
morgendliches Festmahl zu platzieren, blieb leer. „Hast du denn
gar keinen Hunger?", fragte der Junge, als er wieder ins Zimmer
hereinkam. „Doch schon, aber gibt nichts Vernünftiges mehr!",

12

sagte er. „Der frühe Vogel fängt den Wurm!", meinte der Kleine, während er einen schmackhaften Bissen von seinem Croissant, dass er mit hausgemachter Marmelade bestrichen hatte, nahm. Um seine Freiheit wurde er schon betrogen und jetzt auch noch so' n kleiner Wicht, der einen auf Besserwisser machte. Aurelian war angepisst. „Willst du mein Müsli haben?", fragte der Junge, welcher einen schüchternen Eindruck auf ihn machte. „Kannst du ruhig selber essen!", sagte Aurelian, dem es sicher auch nicht schaden konnte, die ein oder andere Mahlzeit hin und wieder auszulassen. Von seiner Anti-Haltung gegenüber den anderen Menschen war er zwar nicht abgerückt, aber ihn interessierte schon, wie seine Zimmergenossen so tickten. Außerdem könnte er sie missbrauchen, indem er sie erpressen würde, morgens das beste vom Frühstücksangebot für ihn zu beschaffen. Aber das war nicht seine Art, für Jugendliche hatte er noch am meisten Verständnis, da er sich daran erinnerte, wie schwierig diese Phase damals für ihn selber war. Sein Abitur hatte er solide gemeistert, ohne auch nur einmal für eine Klausur zu lernen, doch alle seine Angehörigen und Verwandten, die in seinem Fall lediglich aus einer Tante und deren Tochter bestanden, waren bei einem Amokanschlag ums Leben gekommen. Damals war er tieftraurig darüber, aber nachdem er den Schock verdaut hatte, freute es ihn, dass er nicht mehr zu Weihnachten an Familienfeiern, auf die er gar kein Bock hatte, teilnehmen oder seiner cholerischen Tante bei deren Steuererklärung helfen musste. War es Karma, dass er jetzt mit zahlreichen Personen seine Zeit verbringen musste? „Warum seid ihr eigentlich hier?", fragte er. Ein sechzehnjähriges Mädchen, welches das Bett über ihm hütete, erzählte ihm, dass sie bereits fünf Suizidversuche hinter sich hatte. Warum? Das wollte sie ihm nicht verraten. Sie hatten sich gegenseitig noch nicht gesehen, nur wusste Aurelian, dass sie ihn offenbar für genauso gefährdet wie ein Mädchen, das bereits mehrfach zum Messer gegriffen hatte, hielten. „Und warum bist du hier?", fragte ein zwölfjähriger Junge. Oder war es ein Mädchen? Aurelian wusste es nicht. Genauso wenig wusste er, was er antworten sollte. „Wenn ich erzähle, dass ich hier bin, weil ich mich einem Beamten wiedersetzt habe, lachen die mich aus und obendrein bin ich dann noch ein schlechtes Vorbild!", grübelte er. „Auf der anderen Seite merken Sie dann, wie die Welt abläuft. Dass man sich seine Nachbarn nicht aussuchen kann!", fand er auch Argumente, die dafürsprachen, dass er einfach die Wahrheit erzählen sollte. „Bin hier, weil ich nicht wollte, dass mir ein Cop Handschellen anlegt!", antwortete er dem Jungen, der bereits nachgehakt hatte. „Bist du ein Schwerverbrecher?", fragte das Mädchen über ihm. Die Blicke der beiden Jungs visierten ihn an. „Nein, keine Sorge." „Meine Nachbarn sind Schuld, dass ich hier bin!", sagte er dann nach einer kleinen Atempause. „Immer sind es die Nachbarn!", meinte der ältere der beiden Jungs. „Ähm?", wollte er fragen, aber der Junge drehte völlig durch: „Nachbarn. Immer die scheiß Nachbarn. Nachbarn, Nachbarn, pfui Nachbarn!", hörte man es laut durch die ganze Anstalt. „Hier!", sagte der Junge, der unter ihm lag und ihm eine Tablette gab. „Danke!"

14

„Was haben deine Nachbarn denn getan?", wollte der Junge, welcher vor ein paar Sekunden noch die ganze Psychiatrie angeschrien hatte, wissen. „Ähm, haben mich nicht das lassen tun, was ich gerne wollte!", ließ Aurelian weitere Ausführungen bleiben. „Das heißt?", fragte das Mädchen. Genau das wollte er doch vermeiden. Aber wem wollte er es verübeln, schließlich waren Kinder ja neugierig. „Die ganze Story erzähl ich euch, wenn ihr mir verratet, wie ich hier rauskomme!", sagte er spaßeshalber, woraufhin sich die Jugendlichen verdutzt ansahen. „Wenn deine Eltern beziehungsweise deine gesetzlichen Vertreter der Meinung sind, dass du geheilt bist!", sagte der Junge, bei dem seine Beeinträchtigungen unheilbar waren, was Aurelian natürlich nicht wusste. „Ich bin volljährig, normalerweise sollte ich selbst darüber entscheiden können, was ich in meiner Freizeit anstelle!", sagte Aurelian jähzornig. „Kannst du doch auch. Erwachsene werden nicht gegen ihren Willen in die Klapse gesteckt!", sagte das Mädchen, welches überlegte, was dieser Aurelian wohl so für ein Typ war. Sie kannte ihn wahrlich noch nicht lange, aber irgendwie war sie sich sicher, dass er ein Arbeitsloser sein musste. Sein Verhalten passte perfekt dazu. „Normalerweise nicht!" „Aber was ist schon normal?", dachte er sich, wobei er fast vergaß, seine Antwort zu erklären. „Schon mal was von Zwangseinweisung gehört?", fragte er dann. „Ja, aber das passiert nur bei wirklich schlimmen Fällen. Nicht einmal ich wurde eingewiesen!", teilte das Mädchen mit. „Dann bin ich scheinbar einer von diesen Fällen!", entgegnete Aurelian, der beobachtete, wie die Jungs ihre Bettdecken vor ihr Gesicht

15

zogen. „Fürchtet ihr euch?", sagte er einerseits belustigt, andererseits aber auch ernst, weil er ihnen keine Angst einjagen wollte. „Naja, du musst dann ja schon was ziemlich Schlimmes verbrochen haben!", sagte einer der Jungen, welcher seine Bettdecke halb von seinem Gesicht weggezogen hatte. Statt darüber zu lachen, fühlte sich Aurelian wie ein zu Unrecht Beschuldigter. „Wird mich jeder hier für gefährlich halten, wenn ich erzähle, dass ich zwangseingewiesen wurde?", schoss es durch seinen Kopf. Jedoch konnte es ihm egal sein. Er würde eh nicht mit anderen Personen, außer seinen drei Zimmergenossen, ein Wort wechseln. Zumindest hatte er sich das vorgenommen. Lang und breit schilderte er die ganze Geschichte, die anderen glaubten ihm und hatten sogar ein bisschen Mitleid. „Ich glaube, du bist nicht der Erste, der zu Unrecht hier ist!", meinte der ältere Junge. „Wie meins' t denn das?", horchte Aurelian nach. „Die Richterin, die Bullen. Die Mitarbeiter hier im Heim. Alle etwas sonderbar!", ergänzte der zweite Junge. „Stimmt!", kam es von Aurelian wie aus der Pistole geschossen, obwohl er noch keinen einzigen der Mitarbeiter kennengelernt hatte, was sich jedoch zwangsweise ändern sollte. „Wie heißt ihr eigentlich?", fragte er. „Wir sind Teo und Theo!", meinte einer von ihnen. „Ihr wollt mich doch aufs Kreuz nehmen! Wie soll ich denn da unterscheiden, wer wer von euch ist!", meckerte Aurelian. „Ich bin der, wegen dem Neue nachts ihr Leben verfluchen!", sagte Teo. „Außerdem ist unsere Schreibweise anders!", meinte Theo. „Das hilft ja ungeheuer viel!", gab Aurelian sarkastisch von sich. „Hilft es echt!", meinte Theo, welcher an seiner Brille rumfummelte, weil diese mal wieder nicht richtig auf seiner

16

kleinen Nase saß. „Scheiß Teil!", sagte er in seiner tiefen Stimme und warf seine Sehhilfe emotionsgeladen in den Mülleimer. „Ihr kriegt es nicht geschissen den Müll eurer ganzen Süßigkeiten fachgerecht zu entsorgen, aber deine Brille wirfst du in den Mülleimer?", maulte Aurelian ihn an, weshalb bei Theo eine Träne floss. „Du darfst nicht vergessen, wo wir hier sind!", meinte das Mädchen. Nebenbei erwähnte sie, dass sie übrigens Isabelle heiße. „Sorry!", sagte Aurelian und gab Theo die Hand, doch der nahm nicht an. „Bist du jetzt eingeschnappt?", fragte er ihn. „Alles gut!", sagte der Junge. „Und wie ist dein Name?", Aurelian kam sich wie in einer Kennenlernrunde, wenn man in eine neue Klasse kam, vor. „Aurelian!", antwortete er in aller Kürze. „Noch nie gehört!", meinte einer der T(h)eos. „Du wirst auch schon bald nichts mehr von mir hören!", entgegnete er. „Es ist hier doch sicher schon mal ein Zwangseingewiesener entlassen worden! Wie läuft sowas denn ab?", fragte er todsicher, dass er nur noch wenige Tage seines Lebens an diesem Ort verbringen und in sein Zuhause mitsamt seinen geliebten Fernsehsendungen zurückkönnen würde. „Ich würde mal die Leitung fragen!", sagte Isabelle, welche froh darüber wäre, wenn ihr neuer Zimmergenosse schnell wieder die Fliege machen würde. Sie teilte mit ihm, dass sie wenig für Menschen übrighatte, ihr Meerschweinchen war ihr heilig, doch das durfte sie hier nicht mithinnehmen. Auf Grund dessen, dass sie sich mehrmals das Leben nehmen wollte, würde ihr Haustier wohl längst gestorben sein, wenn sie wieder hier rauskäme. Sie bezweifelte, dass dies jemals der Fall sein würde. Isabelle wäre froh darüber, sie war jetzt mitten im Erwachsenwerden und hatte weder

17

einen Schulabschluss, noch stand ihr eine Ausbildung in Aussicht. Zwar wurden in der Anstalt Ausbildungsplätze in der Küche angeboten, jedoch verbot man ihr sich darauf zu bewerben, da das mit ihrer Hintergrundgeschichte viel zu gefährlich für sie sei. Köchin wäre ohnehin nichts für sie gewesen, viel zu langweilig. Sie war kreativ, ihre Suizidversuche waren bis auf eine Ausnahme allesamt nicht gerade gewöhnlich, wenn man diese mit Suizidversuchen anderer Jugendlicher verglich. „Und wo finde ich diese Leitung?", sagte Aurelian genervt. „Leitung. Hahaha. Schlechte Leitung!", Teo hatte wieder einen seiner Anfälle. „Ich halt' s hier nicht mehr aus!", dachte er sich und schlug mit der Faust auf sein Bett. „Alles gut bei Ihnen?"

„Bitte?" Eine Betreuerin war in ihr Zimmer hineingekommen, ohne vorher anzuklopfen. „Oh, ja, alles gut bei mir!", sagte er. „Wird schon alles gut!", sagte die Betreuerin zu ihm, wobei sie klang, als würde eine Mutter zu ihrem Kind, das gerade in Tränen ausgebrochen war, sprechen. Es fehlte nur noch, dass sie ihm die Hand auf die Stirn auflegen würde. „Haben die hier noch nie was von Privatsphäre gehört?", fragte er. „Das Problem ist, dass viele die hier sind sowieso nicht darauf reagieren würden, wenn die Betreuer vorher klopfen würden!", meinte Isabelle. „Das ist ja ganz toll!", sagte Aurelian und ließ die Matratze weiter seine Gefühlslage spüren. „Die Leitung ist immer sehr beschäftigt, da kannst du nicht ein Einzel-Date ausmachen!", meinte Theo, der Aurelians Frage nicht vergessen hatte, was nicht selbstverständlich war, da bereits über zehn Minuten vergangen waren, seit dieser seine Frage gestellt hatte. „Aha!", sagte Aurelian zunehmend frustriert.

18

„Morgen siehst du ihn, insofern du da Bock drauf hast!", meinte Isabelle. „Warum sollt ich da kein Bock drauf haben?", fragte Aurelian verwirrt. War die Leitung etwa so schlimm? Wenn auch, geschlagen gab er sich in einer Diskussion sowieso nie. „Morgen Abend haben wir Sammelrunde! Da kommen alle zusammen und wir können sagen, wenn uns etwas auf dem Herzen liegt! Da ist dann auch der Chef anwesend!", sagte Isabelle. „Das mögt ihr doch sicher gerne, wenn ihr mal mit anderen reden könnt, dürft ja sonst nur unter euch dreien Kontakt haben!", meinte Aurelian, der allerdings begriffen hatte, warum Isabelle ihm sagte, *„insofern du da Bock drauf hast!"*

„Quatsch, erst labert die Leitung irgendeinen Dünnpfiff, der keinen interessiert, dann herrscht eine halbe Stunde Totenstille und dann verziehen sich alle wieder auf ihre Zimmer!", sagte Isabelle. „Als ob irgendwer Bock drauf hätte, da vor versammelter Mannschaft von seinen Problemen zu erzählen!", erklärte Theo, der ein großes Fragezeichen in Aurelians Augen sah, diesem. „Ihr dürft die anderen Kinder und Jugendlichen eh schon nicht sehen und wenn ihr sie dann mal sehen dürft, darf kein Wort gewechselt werden, es sei denn, es geht um die Probleme von jemandem?", fragte er. „Jo!", „Ja!", „So ist es!", sagten alle durcheinander. „Kein Wunder, dass da noch nie einer geredet hat. Würde ich doch auch nicht machen!", erklärte er ihnen. „Sicher?", fragte Isabelle, die sich kopfüber über die Seitenlehne ihres Bettes gebeugt hatte und Aurelian in dieser Position anstarrte. „Sicher!", sagte er, alles andere als sicher. „Dann wirst du uns wohl noch lange Gesellschaft leisten!", sagte sie und schwang sich wieder hoch in ihr Bett, nur um

19

kurz darauf erneut ihre Gelenke zu verdrehen und Aurelian von Angesicht zu Angesicht zu fragen, ob er verstanden hatte, auf welchen Gedanken sie ihn bringen wollte. „Kacke. Hochgradig peinlich!", analysierte er für sich in seinem Kopf. „Ja. Ganz sicher!", sagte er zu Isabelle. Die Wochen vergingen nur extrem langsam, jeder Tag war gleich, nichts Neues für Aurelian, aber anders als seine Fernsehsendungen bereitete ihm das hier keinen Spaß. „Gibt es hier denn gar keine Beschäftigungsmöglichkeit?", meinte er, der sich fragte, wieso sie den Kindern nicht wenigstens einen Kicker ins Zimmer stellten. „Nein!", sagte Theo karg. „Ich bestell uns was bei Amazon!", meinte Aurelian, die T(h)eos konnten nicht mehr vor Lachen. Aurelian runzelte die Stirn. „Das dürfen wir nicht, wir sowieso nicht, aber du auch nicht!", erklärte Theo, der ihm sagte, dass hier niemand etwas besitzen dürfe, was nicht auch jeder andere besaß, warum wiederum Keiner etwas Besonderes besaß. Selbst Isabelles Handy durfte die eigentlich nicht besitzen, aber Isabelle war geschickt. „Ich darf das!", sagte Aurelian und füllte seinen Warenkorb mit einem Airhockey Tisch, wenn er schon etwas kaufte, dann sollten sie wenigstens alle daran Spaß haben können. Er klickte auf *Bestellung jetzt abschließen*, doch es erschien eine Fehlermeldung. „Wie damals in der Schule, wenn man in das heißeste Mädchen verliebt war, so sehr man sich auch angestrengt hat, man bekam sie ja am Ende doch nie!", zog er einen Vergleich, der die T(h)eos, beide hatten noch keine Freundin, erst bedrückte, aber dann doch froh stimmte, weil sie dachten, dass es bei Aurelian bestimmt nicht anders war. „So ist das!", sagte Teo, obwohl er noch nie einen Versuch unternommen hatte. „Die erwischen

20

die nicht!", prognostizierte der ältere T(h)eo. Isabelle war zum Gesprächsthema geworden. „Mehrere Suizidversuche, in dem Alter. Grausam!", murmelte Aurelian, was Theo mitbekam. „Sie hat es nicht einfach!", sein Blick kreuzte sich mit dem von Aurelian, der Mutmaßungen darüber anstellte, was wohl der Auslöser gewesen sein konnte. „Ich weiß es auch nicht!", sagte Theo, als hätte er gewusst, was in Aurelian vorging. „Die hatte was!", meinte Aurelian, das ließ Theo unkommentiert. „Wie ist das eigentlich bezüglich Wäsche, müssen wir das selber machen?", fragte Aurelian. „Wir natürlich nicht, wie es bei dir ist, weiß ich nicht!", sagte der jüngere T(h)eo. Er fühlte sich ausgegrenzt, weil die ganze Zeit nur die zwei anderen sprachen. „Wäre sogar froh, wenn ich's selber machen darf. Hätte ich wenigstens was zu tun!", sagte Aurelian. Er checkte das Bad ab, da er eine Dusche nehmen wollte. „Eiskalt!", er zitterte. Nach fünf Sekunden stieg er wieder aus. „Wie kann man so schnell duschen?", fragte Theo. „Indem man darin geübt ist!", log Aurelian. „Au!", er war in eine der vielen Plastikdosen auf dem Fußboden getreten. „Auf diesem Fußboden geht's ja kunterbunter zu als in Herrn Frieses Oberstübchen!", sagte er, in dessen eigener Wohnung ebenfalls kein Besuch zu empfangen war. *Rrrr*, das Telefon klingelte. „Ja?", fragte Aurelian hoffnungsvoll. „Aufgelegt!", meinte er dann verdutzt und wählte die Nummer der Leitung, um sich bei Herrn Friese zu vergewissern, ob er es war, der da angerufen hatte. „Nein!", sagte Herr Friese vertieft in die Bearbeitung seiner Aufgaben. Aurelian rief die übrigen Telefonnummern an, aber niemand wollte ihn angerufen haben. „Ist

21

euch das schon mal passiert?", fragte Aurelian, der einen Telefonstreich witterte und sich gut vorstellen konnte, dass Herr Friese dahintersteckte. „Nope!", meinte Theo. Aurelian machte sich wieder auf in sein Bett. Er war nach oben umgezogen, wovon er sich bessere Luft in dem schlecht klimatisierten Raum erhofft hatte, aber an Stelle, dass er hier nicht bei jedem Atemzug das Gefühl hatte, sich in einer überfüllten Fußgängerzone in einer chinesischen Großstadt zu befinden, fand er eine Spinne, die ihre Fäden zog, vor. „Zielstrebig!", sagte er zu sich selbst.

„Frei und doch gefangen!", meinte ein Mädchen, deren neues Zuhause die Straße war. „Scheiß Regen!", fluchte sie im Wissen, dass ihre Kleidung nach dieser Nacht triefnass sein würde, was ein Problem darstellte, da selbst die Second-Hand-Sachen von dem Flohmarkt, der auf der gegenüberliegenden Seite in vollem Gange war, nicht im Bereich des Finanzierbaren lägen. Sie wechselte die Straßenseite, mischte sich unter die Leute, das sollte ihr das Gefühl geben, ein Teil von ihnen zu sein. Doch das war sie nicht. „Haben Sie vielleicht Interesse an diesem seltenen Gemälde?", fragte eine alte Frau, vermutlich schon in der Pension, die ihres Äußerem zufolge entweder sehr gut verdient, oder aber einen reichen Mann geheiratet haben musste. Doch das Mädchen ging weiter, wechselte die Straßenseite wieder und begann kläglich zu weinen. Das sollte keiner sehen. Genau wie auch das Gemälde der Verkäuferin besser nicht die falschen Leute sehen sollten, von wegen selten, schlechte Fälschung traf es eher. Logisch, wäre es echt gewesen, würde es niemand auf einem stinknormalen Flohmarkt anbieten. „Soll ich wieder dahin, wo ich her bin?" Keine Freunde,

22

kein Dach über dem Kopf, ein leeres Portemonnaie, das Mädchen war verzweifelt. Doch die genannten Dinge waren nicht einmal die Schlimmsten. Zu faul, um sich nach einer Überdachung umzuschauen, schmiss sie sich einfach auf die Straße, über welche vor zwei Minuten noch ein Raser gebrettert war. „Das soll für heute mein Schlafplatz sein. Wenn schon nass, dann auch richtig!", sagte sie. *Rrrr.* „Herr Friese am Apparat, nächsten Freitag können Sie einen Termin bekommen, wenn es Ihnen passt, Herr Xen!"

„Ja, bitte. So früh wie möglich!", meinte Aurelian höflich. „Sechs Uhr?", fragte Herr Friese, der sich gedacht hatte, dass es Aurelian bestimmt nicht schmeckte, wenn er ihn beim Wort nehmen würde. „So früh muss es dann auch wieder nicht sein!", nuschelte Aurelian, den Hörer von seinem Ohr weggehalten. „In Ordnung!", sagte er zu Herr Friese und ließ sich von diesem alles Weitere erklären. „Noch Fragen?", meinte der dann irgendwann. „Wie komme ich da hin?", fragte Aurelian. „Mit mir. Unsere Patienten dürfen alle nur in Begleitung fahren!", sagte Herr Friese, der mit einem teuflischen Grinsen auf seinem Schreibtischstuhl hin und her wippte. „Können wir mit Taxi fahren?", fragte Aurelian, der hoffte, dass immerhin eine dritte, neutrale Person mitfahren würde. „Können schon. Aber Sie wollen doch sicher wissen, was für ein Auto ich fahre!", prahlte Herr Friese. Aurelian interessierte tatsächlich, welches Gefährt Herrn Friese morgens zur Arbeit brachte. War es ein handelsüblicher VW Golf, eine S-Klasse oder doch gleich der Aventador? „Schicke Karre!", sagte Aurelian, der auf dem Beifahrersitz eines niedlichen Kleinwagens Platz genommen hatte und lachte schamlos. „Ich kehre gleich wieder um!", sagte Herr Friese. Im Rückspiegel sah er seine unterirdische Laune. Da hätte er doch lieber einen Autofahrer, der die Hupe betätigte, weil er von seiner Klapperkiste genervt war, erblickt. Das kam häufig vor, dank seiner Stelle als Leiter der Psychiatrie verdiente Herr Friese gutes Geld, aber das investierte er lieber in andere Sachen, eine Leidenschaft für Sportwetten sorgte dafür, dass vieles von seinem Zaster schneller wieder futsch war, als er es erarbeitet hatte. „Da sind wir!", sagte Herr Friese und parkte das fürchterlich klingende Auto, Rauf- und Runterschalten war ihm wohl ein Fremdbegriff, in einer schmalen Lücke so haarscharf neben einem zweiten Wagen ein, dass Aurelian sich ärgerte, dass Herr Friese keinen Unfall gebaut hatte. „Aurelian Xen!", sagte der Arzt, dessen Blick in dem ansonsten völlig leeren Wartezimmer umherwanderte. Aurelian grübelte über etwas. Zudem fragte er sich, wieso ihn keine Assistentin aufrief, wie sonst beim Arzt. „Vielleicht tickt der ähnlich wie Herr Friese, nur spart nicht am Auto, sondern am Personal!", mutmaßte Aurelian, konzentrierte sich dann aber auf seinen Termin. Der begann allerdings schon anders, als er sich das vorgestellt hatte. „Setzen Sie sich!", forderte der Arzt Aurelian, welcher nach wie vor halbgeduckt in dem Zimmer stand, auf. Der Arzt setzte sich nicht. Er hielt Aurelian ein Glas Weißwein vor die Nase. „Sie trinken doch Alkohol oder?", fragte er in Hektik. „Schon!", sagte Aurelian, schaute den Arzt, welcher einen herausfordernden Blick draufhatte, an und trank den Wein in einem Rutsch. „Ich füll nach!", meinte der Arzt, aber

24

Aurelian lehnte dankend ab. „Können wir zum Thema kommen?", fragte der Arzt so, als hätte ihn sein Patient gerade minutenlang vollgeschwafelt. „Ja?", sagte Aurelian verunsichert. „Wie viel können Sie zahlen?", fragte der Arzt bestimmt. „Was?", sagte ein noch mehr verunsicherter Aurelian. Jetzt setzte sich auch der Arzt auf seinen Stuhl und sagte: „Du benötigst ein Gutachten und ich brauche Geld!", einschüchternde Blicke trafen auf Aurelian, der mit Trotz reagierte: „Dann sollte ich wohl zum Arzt gehen, was ich ja auch getan habe und du solltest mehr sparen!"

„Woher weiß der das?", der Arzt fasste sich an die Stirn. „Dreihundert Euro und ich bestätige Ihnen, dass Sie definitiv nicht kirre sind, Mr. Xen!", sagte der Arzt. Ohne Zögern ging Aurelian zur Tür. „Mist!", rief er laut, drehte sich um und sah, wie die rechte Hand des Arztes, in welcher dieser den Schlüssel hielt, sich schloss. „Zweihundertfünfz..", sagte der Arzt, da spürte er schon Aurelians knüppelharte Faust im Gesicht. Aurelian schloss die Tür auf, ein erstaunter Herr Friese sah seinen übel zu gerichteten Komplizen und rannte zum Auto. „Na toll, aber eigentlich ist das doch gut für mich, oder?", Aurelian runzelte die Stirn. Herr Friese war einfach gefahren. „Wo ist denn dieser köstliche Weißwein? Ach ja, im Raum, wo auch der Krüppel ist!", sagte Aurelian und nahm sich die Flasche mit ins Wartezimmer. Zuvor schenkte er aber dem Arzt ein Glas ein und stellte es vor ihm ab. „Auf meinen Triumph!", sagte er mit einem Lächeln. „Spanischer!", stellte Aurelian nach zwei Schluck fest, es mundete ihm. Nach zwei weiteren Schlucken war die Flasche leer. Torkelnd schaute Aurelian die Kunstgemälde, welche den tristen Wänden des Wartezimmers

25

Farbe verliehen, aus nächster Nähe an. „Replicas!", sagte er stockbesoffen. Er dachte nach. „Auf dem Flohmarkt, da habe ich die gesehen, also nicht genau die!", meinte er, geriet ins Schwanken und hielt sich nur mit Mühe auf seinen zwei Beinen. Nach einem Ausnüchterungsschläfchen nahm er die Bilder genauer unter die Lupe, eins fiel ihm dabei besonders auf. Allerdings wusste er nicht, weshalb es ihm so auffiel, schön war es nicht, der Rahmen identisch zu denen der anderen Bilder. Es musste am Motiv liegen. Das Bild zeigte den Heiligen Antonius von Padua. Aurelius assoziierte etwas damit, aber was sollte er, der außer seiner Freiheit nichts verloren hatte, schon wiederfinden?, außer vielleicht den Weg zurück in die Klapsmühle. Den fand er trotz seines Zustandes auch tatsächlich wieder. Dass er dabei zweimal fast angefahren wurde, scherte ihn weniger, sowie auch das Mädchen, welches die Nacht wortwörtlich auf der Straße verbracht hatte, es ebenfalls nicht scherte, dass sie nur noch am Leben war, weil durch das starke Unwetter ein Baum auf der Straße lag und den Rasern den Weg versperrte. Sie tastete ihren Körper ab, leider war noch alles dran. „Was frühstücke ich denn heute?", sagte sie niedergeschlagen und in leisem Ton. Ein Baustellenarbeiter pöbelte sie an, er hielt sie augenscheinlich für ein Mädchen, das auf den Strich ging. „Vielleicht sollte ich mich drauf einlassen!", dachte sie. Ihr Selbstwertgefühl war im Keller. „Wo ist denn Teo?", fragte Aurelian. „Entlassen!", sagte der T(h)eo, welcher noch da war. „Waaaaaaaaaaaaaaaaaaaas?", meinte Aurelian schockiert. „Krass oder? Aber du bist ja gleich auch weg und dann bin ich hier ganz

26

alleine!", sagte Theo, er kniff die Augen zu. Trotzdem sah Aurelian, dass er weinte. „Kopf hoch. Du wirst hier schnell rauskommen!", versuchte Aurelian Theo zwar aufzumuntern, aber da er überhaupt nicht wusste, an was Theo litt, gab dieser herzlich wenig auf seine Worte. „Aber nein, du bist nicht alleine!", seufzte Aurelian und schilderte Theo, was geschehen war. „Der Schreihals soll genesen sein, aber ich werde hier ohne Grund festgehalten?" Das musste Aurelian erst einmal verarbeiten. „Wie ist Isabelle ausgebrochen?", fragte Theo urplötzlich, in seinen Augen flackerte es. „Willst du jetzt auch einen auf Bad Boy machen?", Aurelian wunderte sich. Theo kam ihm wie ein braver Schüler, der dem Lehrer stets aufmerksam zuhörte, vor. „Nein!", sagte Theo nur. „Wollen wir uns Abendbrot holen?", fragte Theo, aber Aurelian kramte aus seiner Jackentasche zwei Riesenbrezeln, die er beim Bäcker gekauft hatte, hervor. „Hat sich der Aufwand ja wenigstens doch etwas gelohnt!", sagte er. Theo strahlte. „Ganz ehrlich Theo, bei dem was ihr hier vorgesetzt bekommt, frage ich mich, wie da noch keiner an Unterernährung verreckt ist!", sagte Aurelian. Theo lachte. „Man muss sich anpassen, aber du hast recht. Da schmeckt das Essen selbst besser, wenn ich koche. Und ich kann nicht kochen!", sagte Theo. Sie lachten laut und lange. So zu zweit konnte es gerne bleiben.

27

Kapitel 2: Die Geschlossene

Die Tür ging auf. „Das sind eure neuen Mitbewohner!", stellte Herr Friese Theo und Aurelian einen Jungen, der ein Kuscheltier unter seinem Arm einklemmte und ein Mädchen, welches, genau wie der Junge zu Boden starrte, vor. „Theo!", sagte Theo. „Aurelian!", sagte Aurelian. Die Neuen sagten nichts. Ratlos blickten sich Aurelian und Theo an. „Wollt ihr was davon?", fragte Theo und streckte seine angeknabberte Riesenbrezel den Kindern entgegen. Das Mädchen machte den Mund auf, täuschte vor etwas von der Brezel abreißen zu wollen, dann biß sie mit voller Absicht in Theos Finger. „Ey!", sagte Theo, das Mädchen biss ihn nochmal und Theo fing an, stark zu bluten. Aurelian versuchte sie von Theo wegzuzerren, aber der Junge spuckte ihm ins Gesicht, weshalb er sich diesem annahm. „Was soll das?", fragte er verärgert. Der Junge spuckte ihn nochmal an, Aurelian verpasste ihm einen Schlag, der Kleine lief aus dem Zimmer, das Mädchen, ihre Zähne hatten sich immer tiefer in Theos Finger gebohrt, lief ihm hinterher. Ängstlich, aber nicht ängstlich, wie wenn man eine schlechte Schulnote mit nach Hause brachte, sondern ängstlich, wie wenn man vom Arzt die Diagnose erhielt, dass es bald um einen geschehen wäre, blickte Theo Aurelian an. Aber selbst der erwachsene Aurelian hatte sichtbare Angst.

„Kommen die wohl wieder?", fragte Theo. Aurelian zuckte mit den Schultern. „Sei auf alles vorbereitet, auf alles!", meinte Aurelian. „Das bin ich. Sind nicht meine ersten neuen Mitbewohner,

28

die so drauf sind!", sagte Theo, mal wieder kurz vorm Weinen. „Helfen die euch hier überhaupt?", fragte Aurelian. Theos Antwort bestätigte ihm sein Gefühl, dass er schon seit der Verhandlung mit der Richterin hatte. Zwei Blicke reichten, damit Aurelian und Theo wussten, dass sie beide das Gleiche dachten. „Ruf du an!", sagte Theo. „Ich weiß nicht, Herr Friese hat mich eh schon auf dem Kieker, dir wird er glauben!", sagte Aurelian. „Wird er nicht!", meinte Theo, er guckte auf seine Finger, die immer wieder neu anfingen zu bluten. „Blut, Isabelle!", sagte er so leise, dass Aurelian es eigentlich nicht hören konnte, aber der tat es. „Ich habe sie nicht umgebracht!", sagte Aurelian panisch. „Weiß ich, habe ich Teo doch auch gesagt!", meinte Theo, Aurelian atmete ein. „Was ist denn mit Isabelle und Blut?", versuchte er bei Theo nachzuhaken, aber der blieb stur. „Wie gesagt, sie hatte es nicht einfach!", antwortete er. „So ein Schicksalsschlag nimmt einen mit. Mist, jetzt hab ich mich verplappert!", sagte Theo. Aurelian wollte es jetzt wissen, da Theo klar war, dass er so oder so keine Ruhe geben würde, erzählte er es ihm. „Sie hat alle ihre Verwandten verloren und ihre Tante, bei der sie gelebt hat. Ihre Eltern hat sie ja sowieso nicht kennengelernt!", sagte Theo, der darüber nachdachte, dass es ihn doch eigentlich recht harmlos erwischt hatte. „Und wie?", fragte Aurelian, dem ganz komisch geworden war. „Es ist bei einem Attentat geschehen!", meinte Theo, der beim Wort *Attentat* zweimal gestottert hatte. „Das gibt es nicht!", sagte Aurelian. „Was denn?", fragte Theo neugierig. Aurelian guckte auf den Boden. „Kann ich dir leider wirklich nicht sagen, Theo!", sagte er und setzte einen Blick auf, der Theo signalisieren

29

sollte, dass es für ihn ein hochsensibles Thema war. „Ich habe es dir auch verraten!", sagte Theo, der Aurelian damit überzeugte. „Alle meine Angehörigen und Verwandten sind bei einem *Attentat* ums Leben gekommen!" Theo hielt sich die Hand vors Gesicht. „Ich hatte viele Geschwister, aber an Verwandten bloß eine Tante und deren Tochter!", sagte er. „Oh weh!" Theo hatte es verstanden. „Wann machen wir die Räuberleiter, dass du nach ihr suchen kannst?", fragte er den beeindruckten Aurelian. „Ich lasse dich hier nicht allein. Du wirst schon allein gelassen!", meinte der bestimmt. „Es gibt keinen anderen Weg raus!", sagte Theo. An Schlägereien oder Ausbruchsversuche würde man bei ihm nicht denken, doch er hatte all das schon hinter sich. „Einen Weg finden, wie wir mit diesen Bestien klarkommen, sollte unsere oberste Priorität besitzen!", meinte Aurelian, zeitgleich in der Nase bohrend. Theo, dem eine ungewöhnliche Idee gekommen war, schlug etwas vor, das Aurelian sprachlos machte. „Wir könnten so tun, als wären wir genauso geisteskrank wie die und machen ähnliche Sachen bei denen!", sagte er. Gute Idee? Schlechte Idee? Aurelian wusste es nicht. „Würden wir uns damit nicht über ihre Störungen lustig machen?", fragte er. „Die spielen das nur!", meinte Theo. „Bist du sicher?", fragte Aurelian, der von Theo erwartete, dass er die Wahrheit sagte. „Ja. Ein wirklich psychisch Kranker kann das unterscheiden!", meinte sein Zimmergenosse. „Und wie stellst du dir das vor?", fragte Aurelian, mit dem Kopf deutete er auf Theos verletzte Finger. „Das lass mal meine Sorge sein!", sagte Theo und klang dabei wie ein überzeugter Erwachsener, der sich nicht reinreden ließ. So klang er sonst nicht. „Okay!", sagte Aurelian, da ihm

30

sonst nichts einfiel und das Motto *Probieren geht über Studieren* bei ihm einen hohen Stellenwert besaß. Die Nacht verging ruhig, dennoch bereuten sie es nicht, dass sie kein Auge zu getan hatten. „Wollen wir zum Frühstück?", meinte ein gähnender Theo zu Aurelian, der mindestens genauso müde war. Theo und Aurelian verstanden sich und einander gut. „Es ist nichts mehr da!", meinte Aurelian. Theo dachte, er veräppele ihn, denn sie waren heute noch bevor das Buffet eröffnete, losgegangen. „Da!", flüsterte Theo Aurelian zu. Die beiden Neuen saßen ganz gemütlich an einem Tisch, der da sonst nicht gestanden hatte. Dieser Tisch stand so voll mit Brötchen, dass man die Tischdecke kaum noch erkennen konnte. Auf den Brötchen waren gefüllte Müslischalen, ohne Milch. „Vielleicht platzen die und wir sind sie los!", sagte Theo, aber Aurelian erklärte ihm, dass es schon einiges mehr brauchte, damit ein Mensch platzen würde. Ihre Mägen knurrten. „Gebt mal was ab!", sagte Aurelian in scharfem Ton, doch der Junge und das Mädchen ignorierten ihn. Die beiden hatten recht schicke Kleidung an und unterhielten sich in gehobenem Deutsch. „Könnten Sie mir bitte mal die Nutella reichen?", fragte das Mädchen, die ihres Erscheinungsbildes nach zu urteilen schon das ein oder andere Glas der Nuss-Nougat-Creme in ihrem noch jungen Leben verzehrt hatte. „Das sind von Herr Friese arrangierte Schauspieler!", ging es in Aurelian vor. Er und Theo, den das viel Überwindung kostete, griffen sich einfach die Brötchen und zerrissen diese wie wilde Tiere vor den Augen der zwei anderen. Angewidert liefen die in ihr Zimmer. „Volltreffer!", sagte Aurelian und klatschte

31

mit Theo ein. „Mmmmhhh!", sagte Theo, er kam aus seiner Begeisterung gar nicht mehr heraus. Ein schlaksiger Junge mit wuseligen Haaren kam in den Speisesaal und sah sich verwirrt um. Dann ging er wieder. „Was denkst du?", fragte Aurelian. „Sind in unser Zimmer gelaufen, wohin sonst. Wir müssen mit allem rechnen, vielleicht wollen die uns ins offene Messer laufen lassen oder zücken auf einmal Schaumstoffpistolen!", meinte Theo. „Schaumstoff!", sagte Aurelian amüsiert und schob sich das zehnte Brötchen rein. Jetzt wurden sie fassungslos von fast zwanzig Kindern und Jugendlichen angestarrt. Der Junge und das Mädchen waren auch dabei. „Die wollen uns unbeliebt machen!", meinte Aurelian. „Sind wir das nicht schon?", fragte Theo. Sie lachten über ihren Sinn für Humor. „Könnt ihr haben!", rief Aurelian laut in Richtung der Kinder, die teils wütend und teils belustigt von dem Anblick, der sich ihnen bot, schauten. Sie standen vom Tisch auf. Isabelle lief sie so schnell sie konnte, ein Bulle mitsamt seinem Spürhund war hinter ihr her. „Wuff, wuff!", bellte der Hund zunehmend aggressiver, Isabelle änderte ihre Taktik und lief dem Hund entgegen, das überraschte auch den diensterfahrenen Polizisten. Isabelle gab laute Geräusche von sich, der Hund zitterte und zog ab. Der Polizist stellte keine Gefahr für sie da, um gegen sie auf der Straße eine Chance zu haben, musste man schon eine halbe Hundertschaft anrücken lassen. In Sicherheit befreite sie die Schokoriegel, die sie geklaut hatte, von ihrer Verpackung. „Wegen sowas so einen Aufstand machen!", dachte sie sich und schüttelte den Kopf. „Das war es wert!", meinte sie und steckte ihr Taschen-

32

tuch wieder in die Hosentasche. Die Sonne strahlte, die mit Menschen überfüllte Innenstadt war ein hartes Pflaster für sie, aber auf dem Dorf hätte sie kein Geld bekommen. „Ob er es auch weiß?", dachte sie. Alles um sie herum hatte sie ausgeblendet. „Kann ich mal ihr Handy haben, muss nur kurz telefonieren!", meinte sie zu einer Frau, deren Handtasche den Wert eines Kleinwagens besaß. „Ok!", sagte die Frau mit einem verachtenden Blick. Isabelle beging den zweiten Diebstahl innerhalb von zwei Stunden. Ihr eigenes Handy hatte sie billig verscherbelt, Zigaretten kosteten einiges an Schotter und jeden Tag klauen, das machte ihr Puls nicht mit. Sie machte viel mit. Diskriminierung, Mobbing, Beleidigung, das volle Paket. Selbst der stärkste Kämpfer konnte da nicht cool bleiben und Isabelle war eine sehr starke Kämpferin, die den Kampf allerdings schon mehrmals aufgegeben, aber trotzdem noch nicht verloren hatte. „Soll ich die Polizei rufen?", fragte die Freundin der bestohlenen Frau, die dafür nur einen arroganten Blick auf ihre Handtasche übrighatte. „Da läuft sie!", sagte die Frau und lachte. Isabelle schlürfte sich das Knie auf, es brannte höllisch. Unabhängig davon, ob man ihr, als nicht Krankenversicherte helfen würde oder nicht, wollte sie aber auf keinen Fall zum Arzt gehen. „Ich kann nicht weiter!", sagte sie und humpelte mit schmerzverzerrtem Gesicht zur nächsten Bank, doch die beiden Rentnerinnen, welche auf dieser saßen, machten keinen Platz für sie. Die Frau, der sie das Smartphone gestohlen hatte, lief an ihr vorbei, Isabelle bekam einen Teufelsschrecken, sie drehte der Frau den Rücken zu. „Hab dich schon erkannt!", rief die, sie sah, wie

33

Isabelle litt und unterhielt sich weiter mit ihrer genauso edel angezogenen Freundin. *Tut. Tut.* Zwei Rettungssanitäter packten Isabelle, legten sie vorsichtig auf eine Liege und fuhren sie in den Kofferraum. Isabelle besaß keinen klaren Kopf, um darüber nachzudenken, wer wohl den Krankenwagen gerufen hatte. Ihre Augen starrten gerade nach oben. Sie legte sich die linke Hand auf die Stirn und atmete tief ein und aus. Ihr Herz pochte. „Wie geht es dir?", fragte einer der Rettungssanitäter. „Gut!" meinte Isabelle, die nach oben in die Luft schaute. „Wirklich?" Isabelle weinte, doch sie zeigte es nicht. „Wir bringen dich in den OP!", sagte der Rettungssanitäter. „Nein!", Isabelle stieß sich von der Liege ab und versuchte wegzulaufen, sie knickte um. „Aaaahhhhhh!", schrie sie voller Schmerzen. „Keine Sorge, wir operieren dich und dann geht' s wieder!", sagte der Rettungssanitäter. „Ich kann das nicht bezahlen, bin nicht krankenversichert!", sagte Isabelle. „Mit deinen Eltern finden wir schon eine Lösung!", meinte der Rettungssanitäter, womit er die Finger genau in Isabelles Wunde legte. „Nicht weinen!", er entschuldigte sich bei ihr. Isabelle wischte sich die Tränen aus den Augen, ihre Pupillen waren ganz klein geworden. „Du hast sehr schöne Augen!", sagte der andere Rettungssanitäter, der bis dato noch gar nichts gesagt hatte. „Kein Interesse!", meinte Isabelle mit einem leichten Lächeln auf den Lippen. Die Rettungssanitäter lachten auch. Sie waren froh, dass das Trümmermädchen vor ihnen sich bewusst war, dass sie ihr nur helfen wollten. „Wir fahren dich jetzt ins Krankenhaus und dann schauen wir, was der Chefarzt sagt!", meinte der Rettungssanitäter, dem Isabelle gerade spaßeshalber einen Korb gegeben hatte. Der

34

Chefarzt sah äußerst attraktiv aus, an seinem Hals hatte er einen knallroten Knutschfleck, den er Isabelles Ansicht nach versucht hatte, abzuwaschen. „Wollen Sie eine neue Frau? Ich bin Single!", sagte Isabelle, die so tat, als täte ihr der Kopf weh, damit sie sagen könnte, dass sie bloß etwas durcheinander war, wenn der Arzt sie fragte, was das denn solle. „Eine neue Frau käme mir schon ganz gelegen bei meiner jetzigen!", er lachte und hörte sich dabei wie ein gackerndes Huhn an. Seine Kollegen lachten aus Freundlichkeit mit. „Also?", fragte Isabelle, die dem Arzt zuzwinkerte. „Keine Antwort ist manchmal auch ne Antwort!", sagte der Arzt ernst. „Wo hast du dich denn verletzt?", fragte er. „Sind Sie blind?", meinte Isabelle, weshalb die beiden Rettungssanitäter sich die Hände vor ihre Münder hielten. Isabelles rechtes Knie war komplett blutüberlaufen, das sprang einem normalerweise direkt ins Auge, aber vielleicht lag es ja an der Sonnenbrille, die der Chefarzt trug, obwohl seine Kollegen ihm gesagt hatten, dass er damit erstens total albern aussehe und es zweitens in seinem Beruf kontraproduktiv sei. Immerhin stylisch war sie. Vorsichtig ging der Chefarzt über die offene Wunde. „Das muss operiert werden. Direkt!", sagte er. Der Rettungssanitäter erklärte ihm, dass Isabelle die Kosten nicht tragen könnte. „Das klären wir später, jetzt operieren wir!", sagte der Arzt, ein Rettungssanitäter wollte etwas einwenden, aber sein Chef ließ keine Widerworte zu. „Wurdest du schon mal operiert?", fragte der Arzt Isabelle, welche sichtlich nervös war. „Nein!", Isabelle überlegte, wie eine OP wohl ablief. „Tut es sehr weh, wenn sie mir mit ihren Geräten an meinem Bein rumfummeln?", fragte Isabelle. „Davon kriegst du überhaupt nichts

35

mit. Du bekommst eine Vollnarkose, schläfst ne Runde und wenn du deine Augen wieder aufmachst, bist du wieder fit!", meinte der Arzt, welcher Isabelle Mut machend anschaute. „Nehmen Sie das weg von mir!", schrie Isabelle, da sie die Kanüle nicht einordnen konnte. „Dadurch können wir in dein Gewebe eindringen, die ist nicht gefährlich!", versicherte der Arzt ihr glaubhaft. „Vielleicht geht etwas schief und ich wache nicht wieder auf!", dachte Isabelle, die schon öfters von Operationen gehört hatte, bei denen der Patient nie wiedererwacht war. Dass es theoretisch passieren konnte, stimmte sie froh. Nur wegen einer Sache hoffte sie doch, die OP heil zu überstehen. „Da ist sie wieder!", sagte der Chefarzt, der etwas zu viel Enthusiasmus für seinen Job besaß. Das sah Isabelle so, das sahen seine Kollegen so und auch ihm selbst war klar, dass die meisten anderen Menschen wohl kaum begeistert von ihren öden Jobs waren. „Und das ist auch wieder gesund!", meinte er und tippte auf Isabelle auf ihr Knie. „Und wer bezahlt das?", fragte Isabelle ängstlich. „Das bleibt an dir hängen!", meinte der Arzt. Isabelle wurde panisch. „Spaß!", sagte er lässig und ditschte freundschaftlich auf ihren Arm. Isabelle mochte es eigentlich nicht, wenn man sie anfasste, aber den Arzt fand sie lustig. „Comedian wäre was für Sie!", sagte sie, die Assistenten lachten, ihr Lachen war echt. „Ich bastele lieber weiter an Leuten rum!", sagte der Arzt, welcher sich geschmeichelt fühlte. „Was ist das?", fragte Isabelle, der noch etwas schummerig von der Vollnarkose war. „Ein Suppositorium! Aber damit isst man keine Suppe!", die Assistenten konnten beim besten Willen nicht über den schlechten

36

Wortwitz ihres Chefs lachen. „Zäpfchen!", sagte einer der Assistenten zu Isabelle, die begriff. Derweil wenig zu lachen hatten Theo und Aurelian. Sie spürten, dass eine grundlegende Abneigung gegen sie bei den anderen Patienten vorhanden war. Aurelian war es zwar egal, aber Theo nahm es mit, dass er jetzt immer böse Blicke erntete, wenn er sich sein Frühstück zusammenstellte. Aber ihre beiden neuen Zimmergenossen bereiteten ihnen keine Probleme mehr, ihre Aktion hatte wohl Eindruck hinterlassen. Komisch war, dass der Junge und das Mädchen nie in ihrem Zimmer schliefen. Aurelian und Theo sahen sie immer erst, wenn sie sich das Frühstück geholt hatten und wieder hereinkamen. „Hallo!", sagte Aurelian. Noch immer hatten die Vier kein einziges Wort untereinander gewechselt. Immer wieder warfen sie einander beobachtende Blicke zu. „Ich muss zur Toilette!", sagte Theo, Aurelian ging mit ihm. „Wir kommen nicht voran!", meinte Theo. „Genau das habe ich mir auch gedacht!", antwortete Aurelian, der sich die Hände wusch und sich an dem Waschbecken, das zu wenig Platz zwischen Wasserhahn und Händen bot, um diese problemlos zu waschen, störte. „Hast du eine Idee?", fragte Aurelian, während er ein paar Tücher aus dem Spender riss. „Ja!", sagte Theo. „Und zwar?", Aurelian war gespannt, aber er sollte gespannt bleiben. „Ich sag es dir, wenn es mir passt!", meinte Theo und ging wieder in Richtung Zimmer. „Der kann mich mal! Hat sowieso keine Idee!", dachte Aurelian enttäuscht. „Der Fußboden ist ja sauber!", stellte er begeistert fest. „Warst du das?", fragte er Theo, der den Kopf schüttelte. „Wart ihr das?", fragte er den Jun-

37

gen und das Mädchen, die ihm seltsamerweise eine Antwort gaben. „Ja, wir fanden, dass es nicht sein muss, dass hier alles voller Müll liegt!", sagte der Junge, das Mädchen bestätigte. „Danke!", sagte ein verblüffter Aurelian. „Ich dachte, ihr mögt uns nicht!", meinte Aurelian. „Wir mögen euch auch nicht!", sagte das Mädchen bestimmt. Aurelian wusste nicht so recht. Theo und die zwei anderen guckten sich schadenfroh an. „Ich habe sie schon einen Tag bevor Herr Friese sie uns vorgestellt hat, kennengelernt. Da haben wir verabredet, dass es doch ein schönes Willkommensgeschenk wäre, wenn sie dir zur Begrüßung einen Streich spielen, der dir zeigt, wie witzig sie sind und wie gut sie Schauspielen können, sagte Theo belustigt. „Toller Witz!", meinte Aurelian mürrisch. „Wenigstens seid ihr nicht von Herrn Friese arrangiert und ihr seid auch nicht solche Asis, wie ihr es vorgegeben habt!", gewann er dem Ganzen etwas Positives ab. „Nicht nur das, sie sind wirklich Schauspieler!", hörte es sich für Aurelian so an, als wolle Theo bloß protzen, um ihm dann sagen zu können, dass er ihn wieder hereingelegt habe. „Ach ja? Und Action!", sagte Aurelian. „Her mit dem Geld!", schrie der Junge das Mädchen boshaft an. „B-Bitte tun Sie mir nichts!" Sie simulierte ein Zittern am Körper. Der Junge griff sich das Geld, hielt ihr die Knarre (welche er mit seinen Fingern darstellte) warnend auf die Stirn, drehte sich um und ging. „Wow. Echt gut!", sagte Aurelian, der sie fragte, woher sie das konnten. Karen und ich, Leandro, waren bis vor drei Tagen an einer Schauspielschule!", meinte Leandro. „Mega!", Aurelian kam aus dem Staunen gar nicht mehr heraus. „Und wieso seid ihr

38

jetzt nicht mehr dort?", fragte Aurelian, aber selbst Theo war verwirrt. „Weil wir krank sind!", sagte Karen. „Was habt ihr denn?", fragte Aurelian. „Geht dich nichts an!", meinte Karen, die sich angegriffen fühlte. „Kann ich doch ruhig wissen!", meinte Aurelian. „Du willst auch nicht, dass jeder sich für dich interessiert!", grätschte Theo dazwischen. „Da hast du zweifelsohne recht!", meinte Aurelian, der versuchte, sich sein Lachen zu verkneifen. Aber es gelang ihm nicht. Leandro zeichnete sich durch eine markante Lippe aus. An Karen war außer ihren geglätteten Haaren noch auffällig, dass sie mehrere Tattoos trug. „Haben die ne Bedeutung?", fragte Aurelian, zu dessen Jugendzeit Tätowierungen noch kaum bekannt waren und er dementsprechend auch noch nie eine gesehen hatte, interessiert. „An sich nicht, aber im Gesamten sollen sie für die Trauer darüber, dass ich hierhin muss, stehen. Leandro wollte sich keins stechen!", meinte Karen. „Meine Mum ist Ärztin, sie meint, das wäre gesundheitsschädigend!", sagte Leandro, der Karens Tattoos schön fand. „Kann die dir denn dann nicht helfen?", fragte Aurelian. „Ärztin für Gynäkologie!", erklärte Leandro genauer, was seine Mutter arbeitete. Aurelian bekam ganz große Augen. „Sein Traumjob!", witzelte Leandro. „Mein Traumjob ist, keinen Job zu haben. Aber wenn ich einen Job wählen müsste, dann, ich sage lieber nichts weiter!", meinte Aurelian. „Für andere Menschen bist du zu leicht zu lesen!", sagte Karen zu ihm. Aurelian hielt inne. Er nickte. „Ich kann dir Tipps geben!", meinte Karen nett. „Gerne!", sagte Aurelian. „Wie hauen wir eigentlich ab?", fragte Leandro aus dem Nichts.

Irritiert schaute Aurelian zu Theo rüber, doch der war nicht eingeweiht. „Wann geht's los?", meinte Karen, die schon Pläne für neue Tattoos hatte. „Wieso wollt ihr abhauen?", fragte Aurelian. „Was soll ich hier?", fragte Leandro. Aurelian überlegte, ob er ihm erklären sollte, dass die Psychiatrie nun mal der Ort für einen psychisch Kranken war. Allerdings verstand er Leandro. „Wir wären jederzeit bereit, nur haben wir leider keinen Plan!", sagte Aurelian. „Braucht man denn immer einen Plan?", gab ihm Leandro zu denken. „In der Schauspielerei muss man häufig improvisieren!", sagte Karen. „Also sollen wir einfach durch die Gänge spazieren, obwohl wir wissen, dass es bis auf dem einen Fenster, durch welches nur drei von uns abhauen können, keine Fluchtmöglichkeit gibt und darauf hoffen, dass ein Wunder geschieht?", fragte Aurelian kritisch. „Ja!", antwortete Leandro stumpf. „Theo?", sagte Aurelian. Theo wollte nichts Falsches sagen. „Ich denke nicht, dass das klappen kann, aber wir haben nichts zu verlieren!", gab er sich diplomatisch. „Schlimmer als mein sogenannter Arzttermin kann es sowieso nicht werden!", sagte Aurelian. Nur Theo wusste, was er meinte. „Wenn Herr Friese uns über den Weg läuft, stellen wir uns tot!", meinte Leandro, welcher wohl der Ansicht war, dass das für Aurelian und Theo auf keinen Fall schwierig sein könnte. „Okay!", sagte Theo mulmig. „Findet ihr das nicht etwas unnötig?", fragte Aurelian. Sie waren jetzt schon dreimal durch die ganze Anstalt gelaufen, ohne, dass sich dabei irgendetwas getan hatte. „Es ist alles eine Frage der Perspektive!", gab Karen ihm eine Antwort, die ihn mal wieder an der Intelligenz mancher seiner

40

Mitmenschen zweifeln ließ. „Das ist so sinnlos wie ein Versteck-spiel, bei dem dich sich keiner versteckt!", sagte Theo frustriert und sauer zugleich. „Einmal noch rum und wenn dann alles beim Alten ist, gehen wir wieder aufs Zimmer!", sprach Karen, die mitt-lerweile ebenfalls genervt war, ein Machtwort. „Okay!", sagte Le-andro niedergeschlagen. Er hatte ernsthaft an sowas wie Magie geglaubt? Oder eher an Zufall? „Seht mal! Da ist Herr Friese mit einem Mädchen!", sagte er. Theo traute seinen Augen nicht. „Was los? Hast du dich verguckt?", fragte Karen amüsiert. „Ich glaube echt, dass ich mich verguckt habe. Die kennen wir nämlich!", sagte Theo. Aufgeregt guckte Aurelian, ob es die war, von der er dachte, dass Theo sie gemeint hatte. „Woher?", fragte Leandro. „Die war vor euch unsere Zimmergenossin!", erklärte Aurelian, dem viele Gedanken durch den Kopf schossen. „Aber?", fragte Karen ver-dutzt. „Dich geht nicht immer alles etwas an!", drehte Aurelian den Spieß um. Auch Theo war der Meinung, dass sie besser nicht zu viel über Isabelle reden sollten. „Wichtig ist, dass wenn wir hier rauskommen, Isabelle dabei ist!", sagte Theo. „Isabelle, schöner Name, so heißt mein Kakadu!", meinte Karen. „Du hast einen Ka-kadu?", fragte Aurelian mit hochgezogenen Augenbrauen. „Klar!", sagte sie und lachte. „Hast du ne Freundin?", fragte Karen und fuhr Theo durch seine Haare. „Nein!", sagte er desinteressiert und nahm ihre Hand vorsichtig aus seinen Haaren. „Sie steht nicht auf dich!", meinte Leandro, der direkt nach seiner Aussage ebenfalls Karens Hand in seinem Kopfhaar hatte. „Vielleicht ja auf ihn!", gemeinsam lachten sie über Aurelian, der ihnen aber einen tref-

41

fenden Konter gab. „Ich hatte mehr Frauen als ihr beide zusammen. Und dabei hatte ich nur eine!", fühlte er sich wie damals auf dem Schulhof, wo er die anderen Kids mit seinen schlagfertigen Sprüchen fertigmachte, wenn diese dachten, sie könnten ihm verbal einen mitgeben. „Jedenfalls zoll ich meinen Respekt vor dir, Leandro!", meinte Aurelian. „Auf unser Zimmer kann Isabelle nicht!" sagte Theo traurig. „Ja, ich rufe mal Herr Friese an, wo sie hinkommt!", meinte Aurelian, dessen Anruf aber keinen Abnehmer fand. „Was kann man denn hier so mit seiner Zeit anfangen?", fragte Karen. „Nichts. Nicht viel!" Entgeistert schauten sie und Leandro Aurelian an. Dem fiel nichts ein, außer zu nicken. „Dann müssen wir aus nichts halt etwas machen!", meinte Karen, die aus einem Blatt Papier Origami bastelte. Das beherrschte sie offenbar aus dem Effeff. „Cool, aber mit meinen zwei linken Händen bekomme ich das nicht mal mit Anleitung hin!", sagte Aurelian, der ihr weismachen wollte, dass nicht jeder über die gleichen Fähigkeiten verfügte. „Dafür wirst du andere Talente haben, die ich nicht habe!", meinte Karen schmunzelnd. Auf Anhieb fiel Aurelian nichts ein, doch bestimmt hatte Karen recht. „Wir haben jetzt aber eh keine Zeit dafür!", sagte Aurelian. Aber Herr Friese nahm auch seine nächsten Anrufversuche nicht an. „Auf welchem Zimmer ist denn noch was frei?", fragte Aurelian Theo, der auf Grund der Zeit, die er schon in der Psychiatrie verbracht hatte, eine Ahnung haben könnte. „Es gibt hier nur Viererzimmer und bis auf eins sind die alle voll!", meinte Theo. „Und wer ist in dem Zimmer drin?", fragte Aurelian. „Niemand!", sagte Theo, die anderen blickten verwundert. „Wie, niemand?", meinte Leandro. „Das ist ganz übel von Schimmel befallen, da würde ich nicht mal für Geld drin wohnen wollen!", sagte Theo und rümpfte seine Nase. „Also ist es ausgeschlossen, dass Isabelle dort ist?", fragte Aurelian nach. „Ja!", sagte Theo und fügte an, dass Isabelle sie bestimmt bald anrufen würde, denn sie hätte ja ihr Handy und kannte die Telefonnummer. Es klingelte am nächsten Tag tatsächlich, aber es war nicht Isabelles Nummer, die auf dem Display angezeigt wurde. „Nicht rangehen. Nachher will da jemand Telefonterror ausüben!", meinte Theo, aber Aurelian griff zum Hörer. „Moin?", fragte er, als ob ihm klar war, dass ein Bekannter anrief. Die Verbindung brach ab. „Das Telefon ist verflucht!", sagte Aurelian. „Kannst du die Nummer noch sehen?", fragte Leandro, welcher ihm einen Kugelschreiber reichte. Aurelian notierte die Nummer. „Was bringt das?", fragte Theo. „Wir können im Internet schauen, ob die Nummer einer Person oder einer Firma zuzuordnen ist!", erklärte Aurelian. „Und wie willst du ins Internet kommen?", fragte Theo. „Fuck, das habe ich ja total vergessen!", sagte Aurelian. „Gibt es in der Anstalt irgendwo PC' s?", fragte Aurelian Theo, der überlegte und dann sagte, dass ihm außer dem Rechner in Herr Frieses Büro keiner einfiel. „Warst du schon mal in seinem Büro?", fragte Aurelian. „Ja, um ihm Kaffee zu bringen, als ich neu eingezogen bin!", sagte Theo. „Musstet ihr das auch machen?", fragte Aurelian, den Blick zu Karen und Leandro gewendet. „Nein!", sagte Leandro, der wiederum Theo anschaute, welcher sich in Erklärungsnot sah. „Ich glaube, ich bin Herr Frieses absoluter Hassmensch. Naja, bis du gekommen bist, Aurelian!",

43

sagte er. Aurelians Überraschung stand ihm ins Gesicht geschrieben. Ihm war es ganz anders vorgekommen. Theo war recht still in Herr Frieses Anwesenheit und gab nie Widerworte, wieso sollte der Leiter ihn nicht abkönnen?", dachte er sich. Aber er wusste ja nicht, wie Theo früher war. Wer weiß. „Wo ist denn sein Büro und noch viel wichtiger, wann ist es nicht besetzt?", fragte Aurelian, der sich bemühte, seine Konzentration auf dem Wesentlichen beizubehalten. „Das Büro ist eine Etage über uns, nur mit dem Fahrstuhl kommen wir da hin. Treppen gibt' s hier der Sicherheit halber nicht!", sagte Theo. „Ist ein Fahrstuhl nicht viel gefährlicher?", warf Leandro ein. „Nein!", sagte Karen, ohne ihre Meinung auch nur ansatzweise zu begründen. „Und was ist mit dem zweiten Teil meiner Frage?", meinte Aurelian. „Herr Friese ist immer im Büro, selbst wenn er sein Geschäft erledigt. Denn er hat ein eigenes Badezimmer in sein Office einbauen lassen!", sagte Theo. „Dafür fährt er die letzte Schrotkarre!", spottete Aurelian. „Welche denn?", fragte Leandro, der Autos sehr spannend fand und besonders Geländewagen mochte. „…!", sagte Aurelian. „Geht doch voll klar!", meinte Leandro und fragte Aurelian im Gegenzug, welchen Wagen er denn habe. Die Antwort war Aurelian zu peinlich. „Jetzt musst du' s aber auch raushauen!", quengelte Theo. „Ich habe kein Auto!", sagte Aurelian, dem schon fast ein Stein vom Herzen fiel, weil keiner ihn auslachte. „Aber zurück zum Thema. Also er ist immer, wirklich immer im Büro?", fragte Aurelian Theo. „Außer bei der Sammelrunde!", sagte Theo. „Was ist denn die Sammelrunde?", wollte Leandro wissen. „Eine Veranstaltung, die so unnötig ist, dass sie dir egal sein kann!", sagte Aurelian.

44

„Das gute ist, dass da keine Anwesenheitspflicht herrscht und es somit auch nicht auffallen wird, dass wir nicht teilnehmen!", meinte Theo. „Vielleicht sollten einer oder zwei von uns doch gehen! Wenn unser ganzes Zimmer nicht da ist, ist das schon auffällig!", sagte Aurelian, der mit seinem Vorschlag Zuspruch bei Karen und Leandro fand. „Geht ihr beiden ruhig. Ist ja was Neues für euch!", sagte er. „Aber du meintest, das wäre voll unnötig!", meinte Leandro. „Ach, das war nur so dahingesagt!", meinte Aurelian, der sich freute, dass Theo und er den spannenden Teil erledigen würden. „Okay. Wann ist die Sammelrunde denn?", fragte Leandro. Morgen Abend um neunzehn Uhr im Speisesaal!", sagte Aurelian. Er war jetzt seit einem Monat hier. „Der ist ja nicht zu übersehen!", sagte Aurelian und drückte auf das riesige E im Fahrstuhl. „Ich bin zwar gestört, aber nicht blind!", meinte Theo. „Wer hat dir gesagt, dass du gestört bist?", fragte Aurelian. „So ein Arzt. Der trank gerne Alkohol!", meinte Theo. „Was für Alkohol?", fragte Aurelian, dem ein Verdacht kam. „Ähm, Wein. Ich glaube, es war Weißwein. Den hätte es nicht mal gejuckt, wenn ich mitgetrunken hätte!", sagte Theo. „Und so einem Hirni glaubst du?", fragte Aurelian, der Theo messerscharf in die Augen sah. „Nein!", sagte Theo, welcher zum ersten Mal reflektiert darüber nachgedacht hatte. „Aussteigen!", riss Aurelian ihn aus seinen Gedanken. „Das Scheißding geht nicht an!", sagte Aurelian. Mit allen Mitteln versuchte er, den PC hochzufahren. „Ah, da habe ich es natürlich hinbekommen!", meinte er, nachdem der Rechner endlich startete. „Ich habe es hinbekommen!", sagte Theo und zeigte ihm, dass er das Stromkabel in die Steckdose gesteckt hatte. „Äh, ja

45

klar!", Aurelian war peinlich berührt. „Mist. Wir brauchen ein Passwort!", schimpfte Aurelian. „Was kann das sein?", verzweifelt ging Theo in seinem Kopf durch, was er an Herr Frieses Stelle eingeben würde. „Vielleicht seinen Vor- oder Nachnamen? Oder sein Auto?", fleißig tippte Aurelian ein Passwort nach dem anderen ein. Alle falsch. „Wir haben nur noch zwei Versuche, Theo!", sagte Aurelian. „Hmm!", Theo ging auf und ab. „Aber klar!", schrie er so laut, dass Aurelian ihn anmuckte. „Lass mich mal ran, sagte er und haute in die Tasten. „So lang?", fragte Aurelian. „Ja!", meinte Theo und drückte auf *Enter*. Das Passwort stimmte. „Gib das mal bei Google ein!", sagte Aurelian und legte den Zettel mit der Nummer, die sie angerufen hatte, vor Theo ab. „Nichts. Bloß irgendwelche japanischen Artikel über Sushi!", meinte Theo. „Kontrollier die Nummer nochmal!", meinte Aurelian. Theo glich Ziffer um Ziffer miteinander ab. Sie waren identisch. Auch Aurelian schaute sich die Nummern nochmal an. „Dann können wir nichts machen!", sagte er und wollte gerade auf *Abmelden* klicken, da poppte eine Benachrichtigung über eine neue E-Mail im Posteingang auf. „Es ist schon 19:40 Uhr. Wenn er jetzt reinkommt, sind wir tot!", sagte Theo. Aurelian zögerte, öffnete dann aber Herr Frieses Outlook-Account. Er las sich die neue E-Mail durch. „Das kann nicht sein!", sagte er ungläubig. „Was denn?", fragte Theo, der zur Tür starrte. „Isabelle wird in die Geschlossene verlegt!", fasste Aurelian den Inhalt der E-Mail so kurz wie möglich zusammen, meldete sich ab und fuhr den PC herunter. Theo und er stiegen in den Fahrstuhl. „Hörst du das?", fragte Aurelian. „Ja,

46

ich höre das!", meinte Theo verzweifelt. „Stell deinen Fuß zwischen die Tür!", befahl Aurelian und rannte zurück ins Büro, wo er wild in die Tasten des Telefons tippte. „Hallo? Mist, war wohl ein Zahlendreher drin!" „Hallo?", fragte er panisch. „Ja, hallo?", sagte Leandro. „Aurelian bin ich!", meinte dieser hastig. „Ich weiß, wer du bist, deine Stimme ist unverwechselbar!", Leandro und Karen, die mithörte, lachten. „Ihr müsst schnell zum Fahrstuhl eilen und Herr Friese da wegschaffen!", sagte er. „Alles klar!", meinte Leandro. Er und Karen gingen direkt los. „Herr Friese, Karen ist schwindelig!", flunkerte Leandro. Karen drehte ihren Kopf, ließ sich zu Boden fallen und schrie. „Au, ich blute am Hinterkopf!". „Das ist ja röter als rot!", sagte Herr Friese und richtete sie gemeinsam mit Leandro wieder auf. „Du musst an die frische Luft und dann rufe ich den Krankenwagen!", sagte Herr Friese und schleifte Karen, welche sich kraftlos gab, nach draußen. Leandro sprintete in sein Zimmer und wählte Herrn Frieses Nummer. „Jetzt. Aber beeilt euch!", sprach er so schnell er konnte und ging wieder zu Karen und Herr Friese. „Wo warst du?", fragte Herr Friese patzig. „Musste dringend!", sagte Leandro. „Dann will ich mal den Notruf verständigen!", meinte Herr Friese. „Brauchen Sie nicht. Mir geht's schon wieder besser!", sagte Karen, die ihren Nacken nach vorn beugte, sodass Herr Friese perfekte Sicht auf die Stelle, welche eben noch direkt ins Auge stach, hatte. „Da ist ja gar kein rot mehr!", sagte Herr Friese erstaunt. „Isabelle soll in die geschlossene Psychiatrie verlegt werden. Morgen kommt der Chef von der Geschlossen und unterhält sich mit Herrn Friese!", sagte

Aurelian. „Das hast du herausgefunden, indem du die Telefonnummer recherchiert hast?", fragte Leandro. „Ich wundere mich auch. Wie habt ihr denn das mit Herrn Friese hinbekommen?", fragte Aurelian. „Schauspielkunst. Karen hat so getan, als ob ihr schwindelig wäre, hat sich auf den Boden geworfen und dann angefangen stark am Hinterkopf zu bluten. So sah es für Herrn Friese aus. Dann sind wir raus, ich nicht, ich habe dich ja angerufen. Herr Friese wollte den Krankenwagen rufen, aber da ging es Karen urplötzlich wieder besser!", sagte Leandro scherzhaft zu seiner Freundin, die Aurelian erklärte, dass sie *Kunstblut* verwendet hatten. „Wieso habt ihr Kunstblut mitgenommen?", fragte Aurelian. „Damit lässt sich vieles anstellen. Zudem sind wir zwei so versessen in die Schauspielerei, unsere Körper reichen zwar, aber ganz ohne Requisiten ist es einfach öde!", meinte Karen. „Habt ihr denn eigentlich schon mal einen richtigen Auftritt gehabt?", fragte Theo interessiert. „Wenn man den von eben ausklammert, nicht. Wir waren noch recht neu auf der Schauspielschule und wurden daher bei Wettbewerben außen vor gelassen. Leandro hätte da so abgeliefert!", sagte Karen. Bescheiden meinte Leandro, dass sie jenes gar nicht wissen könne, wer wüsste, ob er Lampenfieber bekäme oder ein Anschlag der Psychose im ungünstigen Moment seine schauspielerische Leistung schmälern würde. „Du wärst ein Weltstar geworden!", legte Karen nach. Ihre Worte machten Leandro, der insgeheim das Gleiche dachte, stolz. Aber sie nahmen ihn auch mit. „Wie verhindern wir, dass Isabelle in die Geschlossene muss?", fragte Theo. „Was wäre denn, wenn wir sie suchen und ihr dann Klamotten von uns Jungs anziehen?", fragte

48

Leandro. „Das würde sofort auffliegen. Herr Friese kennt jeden Patienten!", entgegnete Theo. „Wir bieten Herr Friese Geld dafür, dass Isabelle nicht weg muss!", meinte Aurelian, der einen Blick in seine Brieftasche und auf seinen Kontostand warf und seinen Vorschlag revidierte. „Ich wüsste auch nicht, was man da schauspieltechnisch tun kann!", meinte Karen. „Gut wäre es, wenn wir mit Isabelle sprechen könnten. Wenn sie wüsste, dass ich weiß, dass sie wieder hier ist und verlegt werden soll. Und das ich weiß, dass sie meine Cousine ist!", sagte Aurelian. „Deine Cousine? Die ist doch viel, also wirklich vieeeeeeeeel jünger als du!", meinte Karen. „Schließt das eine das andere etwa aus?", gab Aurelian, welcher sich von dem Urteil gefronted fühlte, ihr als Antwort. „Karen hat zweiundzwanzig Cousinen und neun Cousins!", sagte Leandro wohlwissend, dass Karen es nicht leiden konnte, wenn er das erwähnte. „Da hatte deine Familie wohl kein Geld für Verhütungsmittel!", meinte Aurelian und lachte sich bekloppt. Karen stampfte Leandro auf den Fuß, der gab ein sarkastisches *Ahh* von sich. „Welche Schuhgröße hast du? Knackst du überhaupt die dreißig?" Karen zu Piesacken war, nach der Schauspielerei, Leandros größte Leidenschaft. Nicht, weil er gerne Leute ärgerte, sondern weil Karen furchtbar dünnhäutig war. „Also hat keiner ne Idee, wie wir diese Isabelle davor bewahren, ganz allein im Zimmer hocken zu müssen?", ging Karen nicht weiter drauf ein. „In der Geschlossenen gibt's nur Einzelzimmer und die Besuchsregeln sind sehr streng!", meinte Aurelian zu Theo. „Wenn sie erstmal da ist, wird es enorm schwer. Jetzt ist es ja schon kompliziert!", gab Leandro

49

zu Bedenken. „Wieder improvisieren und auf unser Glück hoffen?", dachte Aurelian, der sich geschworen hatte, erst mit dem Überlegen aufzuhören, wenn sie einen aussichtsreichen Plan, um Isabelles Zwangsverlegung zu verhindern, gefunden hätten. „Was soll uns da für ein Zufall begegnen?", fragte Leandro. „Dann müsst ihr euch halt was ausdenken, ihr seid doch so tolle Schauspieler, die immer die passende Lösung parat haben!", maulte Aurelian ihn und Karen an, die sich unbegründet angegriffen fühlten. „Ich hab doch gar nichts gemacht!", sagte Leandro mies gelaunt zu Aurelian, der sich für sein Verhalten entschuldigte. „Isabelle!", sagte Aurelian, der sich durch die Augen wischte, um auf Nummer sicher zu gehen, dass er nicht träumte. Isabelle stand in der Zimmertür, ganz alleine, ohne, dass Herr Friese hinter ihr stand. Sie weinte. Zwischen all die feuchten Tränen mischten sich auch ein paar Freudentränen, weil sie sich freute, ihren Cousin wiederzusehen und an dessen Mimik erkannte, dass er es auch wusste. „Wir schaffen das!", sagte Aurelian, dessen T-Shirt nach einer festen Umarmung mit Isabelle nass war. „Trocknet wieder!", sagte er und verfolgte mit seinem Blick eine Träne, die Isabelles Wange hinablief. „Sollen wir dich verstecken oder so tun, als ob du in diesem Zimmer ermordet worden wärst? Wir können es auf Karen schieben, die darf wegen ihrer geistigen Einschränkung eh nicht in den Knast!", meinte Leandro. Isabelle guckte Karen an. „Nein. Hier hast du ein Smartphone, indem ich meine Nummer eingespeichert habe. Damit ich so schnell wie möglich da rauskomme und wir so schnell wie möglich hier rauskommen!", sagte Isabelle, die in dem *wir* nicht nur sich und Aurelian einschloss. „Wo hast du das denn

50

her?", fragte Aurelian, der ein neues iPhone 12 in schwarz, der dezentesten Farbe, in der es erhältlich war, in seinen Händen hielt. „Seid ihr Schauspieler?", fragte Isabelle Karen, die erschrak. „Hast du ihr das gesagt?", fragte Leandro. „Wie denn?", meinte Aurelian. „Bist du eine Hellseherin?", fragte Karen. „Ja!", sagte Isabelle, warf Aurelian noch einen letzten Blick zu und ging dann. „Adresse?", fragte Aurelian. „Steht mit im Kontakt!", rief Isabelle, welche jetzt aus seinem Sichtfeld verschwand. „Wie mach ich das Teil denn an?", fragte Aurelian, dem von einem amüsierten Leandro erklärt wurde, dass er den Knopf oben rechts drücken müsse. Aurelian öffnete das Kontaktverzeichnis. „Ich speichere sie gleich mal bei diesem WhatsUp ein!", sagte Aurelian. „Hahaha. Das heißt WhatsApp!", berichtigte Karen ihn. „Wieso geht das nicht?", fluchte Aurelian. Wieder lachten die anderen über seine mangelnden Technikkenntnisse. „Ich bin nicht damit aufgewachsen!", sagte Aurelian gereizt. „Du musst erst die App aus dem Store runterladen!", sagte Leandro. „Mach du das!"

„So!", meinte Leandro und gab ihm das fertig eingerichtete Handy zurück. „Was machst du da?", fragte Karen. „Ich schreibe die Adresse ab, damit ich die in das Navigationsgerät eingeben kann!", erklärte Aurelian. „Das brauchst du nicht. Google Maps regelt!", meinte Theo. Das war alles zu hoch für Aurelian. Theo demonstrierte ihm, wie Google Maps funktionierte. „In welches Navi willst du es denn eingeben, du hast doch gar kein Auto?", fragte Leandro. „In das von Herrn Friese!", sagte Aurelian. „Spinnst du, das ist Diebstahl!", rügte Karen ihn. „Der Apfel fällt nicht weit vom Stamm!", meinte Aurelian, welcher das iPhone betrachte. „So einfach kommt man aus der Geschlossenen nicht wieder raus!", meinte Theo. „Einfach nicht, aber wer sagt, dass die sie da ewig lassen!", warf Leandro ein. „Bei Isabelle liegt eine starke Eigengefährdung vor. Die wird auch nicht weggehen!", sagte Aurelian nüchtern. „Wollen wir Abendessen holen?", fragte Theo. Das Mittagessen war heute ausgefallen, genau genommen hatten sie schlichtweg vergessen, sich etwas zu holen. „Dann lasst uns mal schauen, wie viel Scheiben Dinkelbrot noch da sind!", meinte Leandro betrübt. *Ratter. Ratter.* Der Wagen hat auf jeden Fall Charakter!", sagte Aurelian, der am Steuer des Opel Astras Platz genommen hatte und sie jetzt zur Psychiatrie, in welche Isabelle eingewiesen würde, bringen sollte. "Vier Stunden? Hätten wir die Route mal lieber vorher eingegeben!", reflektierte Theo, der Aurelian ansagte, wo er lang zu fahren hatte. „Hier ist Fünfziger Zone!", sagte Karen von der Rückbank. „Oh!", sagte Aurelian. Laut der Geschwindigkeitsanzeige fuhr er gerade mit satten hundertachtzig Sachen durch die kleine Ortschaft. „Zum Glück stehen hier keine Blitzer, hast du überhaupt einen Führerschein?", fragte Karen, weil Aurelian ständig abwürgte. „Sowas wird überbewertet. Autofahren kann man oder kann man nicht!", meinte Aurelian, der schon wieder jenseits von Gut und Böse über dem vorgeschriebenen Tempolimit lag. „Na dann. Wenn wir angehalten werden, ist es ja dein Problem!", sagte Karen. „Lass mal schauen, was im Radio läuft!", meinte Aurelian. Schlager. Das war gar nicht seine Welt. „Ich verbinde mein Handy mal eben mit dem Auto!", sagte Theo. Aurelian starrte ihn an als sei Theo von einem

52

anderen Planeten. „Bluetooth!", meinte Theo. Jetzt liefen deutsche Volkslieder. „Auch nicht viel besser, aber im Vergleich zu Schlager dann schon!", dachte sich Aurelian. „Du fährst zu schnell!" Karen wollte einfach nicht lockerlassen, es war doch seine Sache wie er fuhr. „Und du redest zu viel!", meinte Aurelian, dessen Stirn ganz heiß geworden war. „Was war das?", fragte er. „Wir wurden geblitzt!", sagte Karen in einem Ton, der verdeutlichen sollte, dass sie nicht verstand, warum Aurelian nicht einfach auf sie hören konnte. „Egal. Einen nichtvorhandenen Führerschein können die Bullen mir nicht entziehen und das Bußgeld für Geschwindigkeitsüberschreitungen hält sich in Maßen!", meinte Aurelian gleichgültig. „Naja, bei fast 100 km / h zu schnell sind es sechshundert Euro!", sagte Leandro. „Du machst Witze?", meinte Aurelian, der gedacht hatte, dass es mit nem Zwanni getan wäre. „Leider nein. Mein Dad arbeitet beim Ordnungsamt, daher weiß ich das!", meinte Leandro. „Sechshundert Euro sollte ich gerade so noch zusammengekratzt bekommen!", sagte Aurelian, welcher dachte, dass er damit aus dem Schneider sei. *Polizei* leuchtete in roter Farbe in dem Rückspiegel auf. „Scheiße, die Bullen!", hektisch drehte Aurelian das Lenkrad hin und her. „Was machst du da?", fragte Karen. „Ich flieh vor denen!", meinte Aurelian, dessen einzige Verfolgungsjagd sich auf dem Gymnasium zugetragen hatte, wo er vor dem Schulleiter, den er vorher beleidigt hatte und der ihm deswegen mit einem Schulverweis drohte, wegrannte. Der Schulverweis war natürlich postalisch bei seinen Eltern eingegangen, die das aber für ihn regelten. „Das ist ne Straftat!", redete Karen ihm ins Gewissen. Die Bullen flitzten an dem Opel Astra vorbei. „Die sind doch selber solche Raudis!", fluchte Aurelian, aber sein Fluchen hörte sich so gestellt an, dass es den anderen zu blöd war, dazu einen Kommentar abzugeben. *Polizei. Bitte folgen.* ertönte eine Lautsprecherstimme aus dem Wagen vor ihnen. „Einmal ihren Führerschein und die Fahrzeugpapiere bitte!", sagte der Polizist, welcher Aurelian ziemlich schmächtig vorkam. „Hab ich nicht dabei!", sagte Aurelian. „Aber da sind doch die Fahrzeugpapiere?", fragte der Polizist verdutzt. Er sah sie nämlich, da Theo sein Handy ins Handschuhfach gelegt hatte und die Fahrzeugpapiere dort drin waren. „Ja. Ich war mir nicht sicher, weil manchmal nehme ich die halt nicht mit!", sagte Aurelian. „Sie wissen aber schon, dass Sie dazu verpflichtet sind?", fragte der Bulle. „Echt? Nee, aber jetzt weiß ich's, ich danke ihnen!", sagte Aurelian und machte Anstalten die Fahrertür wieder zuzuziehen. „Halt!", der Polizist fragte nach seinem Führerschein. „Wo habe ich ihn denn?", murmelte Aurelian, der seine Hosentaschen abtaste, die Kartenfächer seines Portemonnaies durchsuchte und die anderen fragte, ob sie eine Ahnung haben würden. „Gib' s doch einfach zu, Karen!", sagte Leandro. „Was denn?", meinte die. Leandro guckte sie ganz genau an. „Boah ja. Ich hab Aurelian den Führerschein geklaut und ihn versteckt!", sagte die. Sie sah den Polzisten mit einem Blick nach dem Motto er solle sie jetzt bitte nicht mitnehmen an. „Wo ist der Führerschein denn?", der Polizist blieb hartnäckig. „Bei uns zu Hause. Wir wohnen in Italien!", behauptete Karen. „In Italien?", fragte der Polizist ungläubig. „Si per 6 anni. In un apportamento unifamiliare!", sagte Karen in fließendem italienisch. „Ti è permesso continuare!", meinte der Polizist.

54

„Wir dürfen weiterfahren!", übersetzte Karen, Aurelian zog die Tür zu und achtete darauf, dass er das Tempolimit einhielt. „Was hast du zu ihm gesagt?", fragte Aurelian. „Dass wir seit sechs Jahren in einem Einfamilienhaus in Italien wohnen. Aber er hat uns nicht fahren lassen, weil ich genau das gesagt habe, sondern weil ich italienisch gesprochen habe. Er ist nämlich auch Italiener!", sagte Karen, die die beiden Jungs vor sich ganz schön verblüffte, Leandro schien hingegen nicht besonders überrascht. „Aber Karen kommt doch aus dem Skandinavischen?", fragte Aurelian. „Na und? Du bist meines Wissens nach auch nicht aus Gold gemacht!", sagte Karen, Aurelian verstummte. „Wie lange fahren wir noch, Theo?", fragte Aurelian. „Ich schau mal. Dreieinhalb Stunden!", sagte Theo. „Oh, der Akku ist leer! Hätte Isabelle doch noch eine Power Bank dazu gekauft!", meinte er dann. „Solche Probleme hast du beim Navigationsgerät nicht. Da liegt das Ladekabel direkt vor Ort im Auto!", Aurelian freute sich, dass er seinen Mitfahrern erklären konnte, dass die neumoderne Technik nicht nur Vorteile hatte. „Die sieht aber lebensfroh aus!", meinte Aurelian. Sie waren angekommen, die Geschlossene Psychiatrie hatte einen grauen Anstrich. „Sollen wir zu viert reingehen und was sagen wir?", fragte Karen. „Ich gehe alleine und sage, dass ich ihr Cousin bin und sie besuchen will!", meinte Aurelian. „Wozu sind wir dann mitgefahren?", fragte Leandro angesäuert. „Damit es nicht auffällt, dass ich Herr Frieses Auto ausgeliehen habe!", sagte Aurelian. „Der wird was zu hören kriegen!", meinte Herr Friese, der einen Briefumschlag in den Mülleimer warf. „Hallo. Wie ist denn ihr Name?", fragte eine hochgewachsene Frau an der Rezeption der Geschlossenen. Ihre Fingernägel glichen einer Mordwaffe, so spitz und lang waren die. „Aurelian Xen! Ich würde gerne Isabelle besuchen, ich bin ihr Cousin!", sagte Aurelian. „Welche Isabelle?", fragte die Dame. „Isabelle Gim!".

„Die ist zurzeit nicht besuchbar!", meinte die Frau und widmete sich dem nächsten Gast, welcher in der Schlange anstand. „Es ist wirklich dringend!", quatschte Aurelian dazwischen, aber die Frau ging nicht auf ihn ein. „Können Sie mir wenigstens sagen, auf welchem Zimmer sie ist?", fragte Aurelian. „Bin ich Sie dann los?", fragte die Frau. „Ja!", meinte Aurelian. „Zimmer drei und, darf ich Ihnen nicht sagen!", sagte sie und drohte Aurelian den Sicherheitsdienst zu rufen, wenn er nicht endlich Leine ziehen würde. „Die ist zurzeit nicht besuchbar!", imitierte Aurelian ihre Stimme, Karen meinte, dass sie ihm das vorher hätte sagen können. „Und jetzt?", fragte Theo. Aurelian fuhr zum Elektronikmarkt. „Hat einer zufällig das Geld dabei?", fragte er in die Runde. Theo gab ihm einen Fünfzigeuroschein. „Wieso hast du so viel Geld?", diese Frage gefiel Theo nicht. „Wer hat, der hat!", sagte er und hoffte, Aurelian würde es dabei belassen, aber der bohrte nach. „Meine Mutter arbeitet in einem Geschäftszweig, in welchem sie mit Geld überhäuft wird!", sagte Theo. „Was muss sie machen?", fragte Aurelian neugierig. „Sie muss eigentlich nur daliegen!", sagte Theo, welchem es sichtlich nicht gut ging. „Themawechsel!", sagte Karen und knallte die Power Bank auf das Kassenband. „Hoffentlich ist sie davon jetzt nicht kaputtgegangen!", meinte Leandro. Die Verkäuferin prüfte, ob Theos Geld echt war,

56

sie kannte ihn. „Tschüss Theo!", sagte sie. Alle Blicke guckten Theo an, der am liebsten im Erdboden versinken würde. „Darüber möchte ich lieber nicht sprechen!", meinte er zu Aurelian, der schon wieder Faxen machte, ihm auf den Senkel zu gehen. „Deine Entscheidung!", sagte Aurelian, welcher an einem Foodtruck von Theos Wechselgeld für jeden eine Mantaplatte bestellte. „Schmeckt!", sagte Aurelian, der die anderen überhaupt nicht gefragt hatte, ob sie das mochten. Theo fühlte sich um sein Geld betrogen. „Isabelle war heute noch gar nicht online!", sagte Theo verdutzt. „Ihr Handy ist eigentlich ihr bester Freund!", meinte er und versuchte sie anzurufen. „Vielleicht haben die es einkassiert?", überlegte Aurelian, dem die Frau von der Rezeption unsympathisch rübergekommen war. „Wir müssen' s wie Isabelle machen, nur das wir nicht aus-, sondern einbrechen!", sagte Leandro, der sich nur äußerte, wenn er es für nötig empfand. „Hat einer von euch Erfahrung im Einbrechen?", fragte Aurelian. „Hab mal ne Tankstelle überfallen!", sagte Leandro, der aber wusste, dass man das nicht vergleichen konnte. Isabelle dachte, aber sie konnte nicht denken. Wie in einem Hochsicherheitsgefängnis fühlte sie sich in ihrem Zimmer, spezielle Türgriffe, damit sie ihre Haut nicht daran verletzen konnte und ständig Mitarbeiter, die fragten, wie es ihr gehe. „Hervorragend?", oder was sollte sie antworten? Eigentlich müsste sie duschen, aber wozu? „Nichts!", sagte Isabelle, nachdem sie ihr Zimmer betrachtet hatte. „So blöd kann auch nur ich sein, ein Handy klauen, aber kein Ladekabel!", darüber konnte sie schmunzeln. „Ausbrechen kann ich vergessen, da kann ich genauso gut hoffen, dass ich in meinem Leben nochmal glücklich werde!", sagte sie. Isabelle kämpfte mit den Tränen. In der Psychiatrie waren ziemlich viele Kinder und Jugendliche, sie dachte, dass in der Geschlossenen nur eine Handvoll Leute wären. „Einerseits bin ich wenigstens nicht allein, andererseits ist das Leben von denen allen genauso am Arsch wie meins!", dachte sie und dachte auch an die Zeit, in welcher sie noch zur Schule ging. Sie war eine der besten Schülerinnen, ihre Noten hätten ihr jedes Studium oder jede Ausbildung ermöglicht. Dann veränderte sich mit einem Tag alles. „Das hilft uns nicht weiter!", sagte Theo, der gegoogelt hatte, wie man am besten einbricht. „Manchmal muss man einfach an altbewährten Dingen festhalten!", meinte Karen und trug sich das Kunstblut auf. Aber selbst Leandro schien todsicher, dass es nicht gelingen würde. „Karen geht alleine rein, Aurelian wartet vor der Tür, wenn die Frau mit ihr rauskommt, wird sie dich sehen und fragen, was du denn da willst, Aurelian!", sagte Leandro. Du musst sie dann irgendwie von der Treppe weglocken und dann laufen Theo und ich herein und suchen Isabelle!", meinte Leandro. „Erstens wissen wir nicht das Zimmer und zweitens sind die Türen in einer geschlossenen Anstalt abgeschlossen!", sagte Theo, aber Leandro schien es dennoch so versuchen zu wollen. „Wie heißen Sie denn?", fragte die Frau an der Rezeption Karen, die ihr ihren Namen mitteilte und sie fragte, wo denn hier die Toiletten seien. „Da hinten!", sagte die Frau, Isabelle guckte in die Richtung, die Dame sah ihren roten Nacken. „Sie bluten!", sagte sie, Isabelle wurde ganz hibbelig. „Was? Wirklich?

58

Ahhh!", sagte sie und meinte zu der Frau, dass sie bitte den Krankenwagen rufen solle. „Tut's nicht nen Pflaster?", fragte die Frau. „Nein. Bitte, ich brauch frische Luft!", sagte Karen, packte die Rezeptionsdame an der Hand, die dachte sich, dass sie eins dieser Kinder, die immer überreagierten, war und ging mit ihr nach draußen. „Was machen Sie denn hier?", fragte die Frau Aurelian. „Ich gucke mir die Treppenstufen an. Höchst interessant!" Das war die beste dümmste Antwort, die ihm einfiel. „Gehen Sie bitte von der Treppe weg, nachher muss ich mich noch vor den Leuten erklären, die fragen, wieso sie nicht in der Psychiatrie sind!", sagte sie. „Ich bin in der Psychiatrie!", meinte Aurelian. „Isabelle? Isabelle?" „Ja?", fragte eine Stimme, die in Theos Ohren anders als die von Isabelle klang. „Entschuldigung, wir suchen Isabelle!", sagte Leandro zu dem Mädchen, das Gedanken, wie sie sich das Leben nehmen könnte, vor sich her faselte. „Die habt ihr gefunden!", sagte das Mädchen. „Oh, ne. Ne andere Isabelle, Isabelle Gim!", meinte Theo. Das Mädchen kam bis auf einen Schritt an Theo ran, schaute ihm psychopatisch in die Augen und sagte: „Die lebt nicht mehr!" Theo guckte zu Leandro, sein Puls ging wieder runter. „Isabelle? Isabelle? Isabelle?" „Ja?", fragte die Bewohnerin des Zimmers, in ihrer Stimme konnten Leandro und Theo raushören, dass sie geweint hatte. „Isabelle!", sagte Theo und umarmte sie. „Wo ist Aurelian?", fragte Isabelle. „Später, gibt's hier einen Hinterausgang?", fragte Leandro, der auf seine Armbanduhr schaute. „Ja!", meinte Isabelle. „Wir beide spielen nen Pärchen!", sagte Leandro und nahm Isabelle an die Hand. „Warum streichelst du mich?", fragte Isabelle, der das missfiel. „Als Schauspieler bring ich das

59

natürlich glaubhaft rüber und nicht so halbherzig!", meinte Leandro, der das nur als Vorwand benutzte, da er Isabelle gut fand. Schon als er sie aus der Ferne gesehen hatte, beschlich ihn eine Ahnung. „Dann musst du mich aber auch küssen!", sagte Isabelle, die nicht damit gerechnet hatte, dass Leandro das tatsächlich machen würde. Fragend guckte Theo Isabelle an. „Er ist nicht schlecht!", sagte sie und lachte. Ich hab nix aus meinem Leben gemacht, Isabelle!", sagte Aurelian, der sich schämte. „Nee, is doch cool. Besser als wenn du irgendein Protzer mit nem schnellen Ferrari wärst!", sagte Isabelle. „Das Auto gehört Herr Friese!", meinte Aurelian bedrückt. „Nicht schlimm. Wäre zwar cool gewesen, aber ich hatte mich eh schon gewundert, dass du Führerschein gemacht hast!", sagte Isabelle. „Warum nicht?", fragte Aurelian. „Meine Mutter hat mir erzählt, dass du nicht gerade der fleißigste wärst!", sagte Isabelle, die für lautes Gelächter bei den anderen sorgte. Von dem Gelächter angesteckt, konnte auch Isabelle endlich wieder lachen. Ihr erstes Lachen seit Jahren. Seit der Zeit, als ihre Mutter noch am Leben war. „Wir könnten jetzt einfach wegfahren!", sagte Isabelle, die versuchte, die anderen Gesichter zu lesen. „Aurelian hat Scheiße gebaut!", sagte Karen. „Hast du wieder Kavaliersdelikte begangen?", fragte Isabelle, womit sie auf einen Diebstahl, welchen Aurelian in seiner Jugend gegenüber ihrer Mutter ausgeübt hatte, anspielte. „Auch meine Tante?", fragte Aurelian, der mit Isabelles Mutter so seine Differenzen gehabt hatte und Isabelle auch einiges Negatives über diese erzählen konnte, wenn er es wollte. „Yes!", sagte Isabelle. „Du bist

60

aber auch kein Kind von Traurigkeit!", sagte er. Positive Gedanken gingen durch Isabelles Kopf, vielleicht könnte sie mit Aurelian, einem Menschen, der ihre Sorgen verstand und der teilweise seine Vergangenheit mit ihr gemein hatte, zusammenziehen. „Ich bin ein bisschen zu schnell gefahren!", sagte Aurelian. „Das Auto gehört Herr Friese und der Bußgeldbescheid wird daher an ihn geschickt worden seien. Wenn wir nicht zurück in die Psychiatrie fahren und er von mir das Geld bekommt, suchen uns bald im schlimmsten Fall die Bullen!", sagte Aurelian. „Die Bullen!", nuschelte Isabelle vor sich hin. „Ich kann die auch nicht leiden!", sagte Aurelian. „Ebenso!", meinte Leandro. „Ich auch nicht!", sagte Theo, die anderen lachten, jedem war klar, dass Theo das nur gesagt hatte, um cool zu sein. „Hast du denn sechshundert Euro? Als Arbeitsloser?", fragte Isabelle. Aurelian blieb die Spucke weg. „Doch, die sollte ich aufbringen können!", meinte er. Isabelle drückte ihm einen lilafarbenen Schein in die Hand. „Woher?", fragte Leandro, aber Aurelian meinte zu ihm, dass er Isabelle in Ruhe lassen solle und startete den Motor. „Er denkt, er müsse mich beschützen!", flüsterte Isabelle zu Leandro. Ihre Hände lagen aufeinander. „Nachher bringt meine Cousine mich noch um!", sagte Aurelian, der zwar nie Fahrstunden genommen hatte, aber außer, dass er den schwarzen Zahlen in den roten Kreisen keine Beachtung schenkte, fehlerfrei fuhr. Isabelle wurde verlegen. „Was machen wir mit mir?", fragte sie. „Was sollen wir mit mir ihr machen?", fragte Aurelian in die Rolle eines Mannes, der die Meute im Mittelalter über das Schicksal des Verbrechers urteilen ließ, hineinversetzt. „Wie verhindern wir, dass Herr Friese von

61

mir erfährt?", stellte Isabelle ihre Frage jetzt präziser. Karen schlug vor, dass sie sie irgendwo draußen absetzen sollten und sie zu diesem Ort kämen, wenn auch sie es in die Freiheit geschafft hätten. Aber Isabelle wollte das nicht. Sie würde wieder klauen und in Depressionen versacken. Ein Teufelskreislauf, der ihr allmählich gehörig zum Halse raushing. „Ich weiß es nicht!", meinte Aurelian, der gerade fast ein Wildtier überfahren hatte. „Aber Leandro kann dir da bestimmt weiterhelfen, Improvisation ist nämlich sein Fachgebiet musst du wissen!", sagte er. Isabelle guckte nach links, Leandro schien Aurelians Worten keine Folge leisten zu können. „Wenn sie sich einfach einer Geschlechtsumwandlung unterzieht?", fragte Theo. *Doing.* „Au!", sagte Theo. Isabelle, die ihm eine gewischt hatte, war zufrieden. „Was meinst du denn selber?", fragte Aurelian. „Meine Meinung interessiert?", dachte Isabelle sich. „Ich habe keine Ahnung!", sagte sie. „Aurelian und du fahren zu seiner Wohnung und wir geben Herr Friese das Geld!", sagte Leandro, der am liebsten mitziehen wollte. „Guter Vorschlag. Aber wer von euch kann Auto fahren?", fragte Aurelian. „Kannst du doch auch nicht!", hielt Karen dagegen und sagte, dass sie das schon handeln würde. „Pass auf dich auf!", sagte Isabelle und verabschiedete sich mit einem Wangenkuss von Leandro, der witzelte, dass wohl eher sie es sei, die auf sich aufpassen sollte.

62

Kapitel 3: Eine heiße Hochzeit

„Nee, hier gibt's eh nichts zu holen. Außer den Fernseher!",
sagte Aurelian. „Der berüchtigte Fernseher!", meinte Isabelle.
„Meine Tante hat's wohl ganz übel mit mir gemeint!", sagte Aure-
lian und schloss die Tür zu seiner beschaulichen Wohnung auf.
„Ist nicht besonders pralle, ich weiß!", meinte Aurelian, der beo-
bachtete, wie Isabelle auf seine Wohnung reagierte. „Was redest
du? Die aufgeräumte Bude meiner Tante hatte überhaupt keinen
Charakter!", sagte Isabelle, schmiss sich auf das Sofa und die
Glotze an. Das Programm verschlug ihr den Atem. „Du
Schwein!", sagte sie. „Wir gucken in Zukunft nur noch kultivierte
Sachen!", versprach Aurelian, welcher das Wandregal nach einer
DVD, die er bedenkenlos einlegen konnte, absuchte. „Cool!",
sagte Isabelle, Realityshit war ihr Ding. „Ich find's gewöhnungs-
bedürftig. Aber hab ja noch meine Playboy-Sammlung und die
Poster!" Aurelians ganzes Zimmer war an den Wänden mit Pos-
tern von IT-Girls und Models in Reizunterwäsche zu tapeziert.
„Die werden Leandro hoffentlich nicht gefallen!", murmelte Isabelle und tat, weil Aurelian sie fragend anstarrte, so, als würde sie
sich wieder voll auf den Film konzentrieren. „Du musst den
Schlüssel ins Schloss stecken!", sagte Leandro, der sah, dass Karen
überfordert versuchte, das Auto in Gang zu kriegen. „Besser du
fährst!", meinte Karen und überließ Leandro das Steuer. Problemlos schmiss der den Motor an und fuhr geschmeidig los. „Jetzt
sind wir allein!", sagte Aurelian. „Das wird nicht lange so bleiben!",

meinte Isabelle. Glücklicherweise sah Leandro deutlich älter aus, als er tatsächlich war, so mussten sie sich keine Sorgen machen, dass fragende Blicke der anderen Autofahrer sie stören würden. „Kannst du einparken?", fragte Theo, lächelnd stellte Aurelian den Opel Astra wieder an der Stelle ab, wo er vorher gestanden hatte. „Bedankt!", meinte er und klappte den Rücksitz nach vorne, da spürte er auch schon eine Hand auf seiner Schulter. „Mitkommen!", meinte Herr Friese, mit dem nicht gut Kirschen essen war. „Ihr auch!", sagte er zu Theo und Karen, die sich fürchteten. „Wo sind Aurelian und Isabelle?", fragte Herr Friese. Sie waren in sein Büro gegangen und Theo kam sich wie in einem Verhör vor. „Nicht da!", meinte Karen. „Wo sind sie?", fragte Herr Friese erneut. „Nicht da!" Aus Karen bekam er nichts raus. „Wo hast du deine Freunde stecken lassen, Theo?", fragte Herr Friese, der wusste, dass Theo nicht so abgezockt wie Karen war. „Die sind abgehauen!", sagte Theo und erntete dafür von Karen einen Blick, der seine Seele traf. „Und wohin?", fragte Herr Friese, der Theo einen Daumen nach oben zeigte. „Das weiß ich nicht!", behauptete Theo und ließ sich auch nach den hartnäckigen Versuchen Herr Frieses, ihm das Geheime zu entlocken, nicht davon abbringen. „Sechshundert Euro Theo. Die krieg ich von dir, wenn Aurelian und Isabelle in einer Woche nicht wieder hier sind!" „Bitteschön!", sagte Theo und gab Herr Friese die geforderte Summe. Dessen Druckmittel hatte sich in Luft aufgelöst. „Ihr kommt auf getrennte Zimmer!", sagte Herr Friese. Das war hart. Theos neuer Zimmerpartner hieß Hassan, der nahm seinen überfütterten, un-

64

geduschten Kater mit ins Bett, was Theo paradox vorkam. Äußerlich waren er und Hassan sich ziemlich ähnlich, doch charakterlich lagen sie weiter auseinander als Melbourne und Ohio. Karen hatte es da schon besser erwischt. Ihre neue Zimmerpartnerin war Maria. Die sprach zwar kein Wort Deutsch oder Italienisch, dafür aber Portugiesisch, was Isabelle auch verstand. „Muito chato sem caras oh?", lautete der erste Satz, den Maria zu ihr sagte. „Meu menino està em outro lugar!", antwortete Isabelle. Jetzt wurde es für Maria interessant, aber Isabelle wollte ihr nicht mehr verraten, sollte Maria zu aufdringlich werden, hatte sie noch ihre Fähigkeit. „Karen und Theo sind jetzt in getrennten Zimmern!", sagte Isabelle, doch Aurelian war in den Film vertieft, der ihn zu seiner eigenen Überraschung fesselte. „Aurelian!"

„Ja?"

„Theo und Karen sind getrennt!"

„Ist mir ehrlich gesagt recht egal, wusste nicht mal, das zwischen denen was läuft!", sagte Aurelian, der sich eine eigens kreierte Mische kippte. „Hör mir zu oder lass es sein!", jetzt strengte sich Aurelian an seiner Cousine zuzuhören, er musste sich wirklich anstrengen. Seine Bude mit einer anderen Person teilen? Daran musste er sich erst noch gewöhnen. Er dachte, mit Isabelle würde alles super werden, weil er sie auf den Familienfeiern immer so ruhig erlebt hatte, aber Isabelle war eine richtige Labertasche. „Das ist ja scheiße. Hat Herr Friese denn nach mir gefragt?", meinte Aurelian. „Klar. Und nach mir auch!", sagte Isabelle. „Wo kriegen wir ein Auto her?", fragte Aurelian, der sich ärgerte, dass sie sich nicht sofort ein anderes Versteck gesucht hatten. „Wenn

65

mein intelligenter Cousin sich nicht gegen das Arbeiten gesträubt hätte, wäre das kein Problem!", machte Isabelle Aurelian zur Schnecke. „Wir könnten Straßenpenner werden!", sagte Isabelle, die schauen wollte, ob Aurelian glaubte, dass sie das ernst meinte. Er tat es. „Fürs Taxi sollte das reichen!", sagte Aurelian, der alle seine Sparschweine geköpft und fast zwanzig Minuten gebraucht hatte, um sein Münzgeld zu zählen. „Wo soll's denn hingehen?", fragte der Taxifahrer. „Äh ja, gute Frage!", sagte Isabelle zögerlich. „So weit weg, wie das Geld ausreicht!", sagte Aurelian und der Taxifahrer drückte aufs Gaspedal. „Bitteschön!", sagte er. „Wir sind nicht mal fünf Minuten gefahren!", sagte Aurelian empört. „So weit das Geld reicht. Ihre Worte!", meinte der Taxifahrer kaltschnäuzig. Aurelian donnerte die Tür zu, Isabelle zog es vor, dem Fahrer ins Gesicht zu sagen, dass er ein fieser Halsabschneider sei. „Und jetzt?", fragte Isabelle den ebenfalls ratlos scheinenden Aurelian. „Wir gehen zurück in die Psychiatrie!", meinte Aurelian. „Was?", fragte Isabelle, die sich an die Ohren fasste. „Wenn wir da nicht wieder auftauchen, werden die die Suche nach uns nicht aufgeben. Hinter sowas sind auch immer schnell die Medien her, nachher sehen wir unsere Fratzen noch im Fernseher!", sagte Aurelian. „Aber wenn wir da wieder hingehen, dann, ja!", warf Isabelle ein. „Wir müssen es hinbekommen, dass wir beide und Leandro und Theo einen gültigen Entlassungsbrief bekommen!", meinte Aurelian, doch Isabelle hielt ihn für wahnwitzig. „Das ist ungefähr so realistisch, wie das meine Eltern morgen wiederbelebt werden!", sagte Isabelle und schlug im Gegenzug vor, dass sie Theo und Leandro aus der Psychiatrie befreien und sich dann mit

66

diesen in ein anderes Land verabschieden sollten. „Ihr habt' s geschafft die Geschlossene aufzubrechen!", gab Isabelle Aurelian, der nicht besonders angetan schien, einen Ruck. „Na gut. Problem ist, dass sie jetzt in zwei Zimmern sind, mit zwei neuen Kindern, die wir nicht kennen!", sagte Aurelian. „Die stellen kein Hindernis dar!", entgegnete Isabelle. „Wir kommen von außen nicht rein!", meinte Aurelian. „Was ist mit dem Fenster?", fragte Isabelle. „Gut. Aber was dann?", fragte Aurelian. „Tja!", Isabelle seufzte. „Einer von ihnen bleibt sowieso drin!", sagte sie. „Da helfen nur härtere Methoden. Wir legen einen Brand!", meinte Aurelian, der damit bei Isabelle auf Zustimmung traf. Theo setzte die neue Situation mehr und mehr zu. „Ich komm mir vor wie im Exil!", dachte er sich und legte sich, weil er müde von der Langeweile war, schlafen. „Theo!", rief sein Zimmergenosse, mit dem Theo absichtlich kein Wort wechselte. „Feueralarm. Wir müssen zum Sammelplatz!" Aber Theo schlief weiter, der andere Junge lief panisch auf eine Grünfläche hinter dem Sanatorium. „Esta quemaindo!", sagte Marie zu Karen, die sich in ihrem Bett drehte und wendete, weil sie nicht einschlafen konnte. „Então deixe isso me queimar!", meinte Karen, sie gähnte. Marie gab ihr einen Kuss auf die Stirn und lief verwirrt aus dem Zimmer. „Alle da?", fragte Herr Friese. „Schnell!", meinte Karen, die Theo auf dem Gang fast an die Rübe donnerte. „Ich beeil mich!", sagte Theo, dem gehörig die Pumpe ging. „Karen und Theo fehlen!", sagte Marie auf Portugiesisch, aber da sie niemand verstand, verstrich noch etwas Zeit, bis Herr Friese bemerkte, dass sie nicht komplett waren. „Seid ihr alle angeschnallt?", fragte Aurelian, der die Kupplung zu

67

schnell kommen ließ und nichts darauf gab, sich zu vergewissern, dass aus den Seitenstraßen keine anderen Verkehrsteilnehmer kamen. „Womit habt ihr den Brand ausgelöst?", fragte Theo. „Zigaretten!" Eine ziemlich unspektakuläre Antwort. „Was ist mit Leandro?", fragte Isabelle, der irgendwie völlig entgangen war, dass sie ihren Freund gar nicht vorher involviert hatten. „Der ist im Kofferraum!", meinte Aurelian und fuhr weiter, obwohl Isabelle ihn permanent mit einem fragenden Blick anstarrte. „Moin!", sagte Leandro, der, während die Tempoanzeige knappe hundertfünfzig Stundenkilometer anzeigte, aus dem Kofferraum nach hinten auf die Rückbank geklettert war und jetzt neben Karen, die sich ganz schön erschreckt hatte, saß. „Bist du lebensmüde?", fragte Isabelle sorgenvoll. „Wir Schauspieler gehen etwas anders durch die Welt!", sagte Leandro. „Welches Land wird es denn?", fragte Theo, der im Internet schon nach Wörterbüchern stöberte. „Italien!", meinte Karen wie selbstverständlich. „Kroatien!", sagte Leandro. „Niederlande!", meinte Isabelle. „Wieso denn nicht Grönland?", fragte Theo, der entweder nicht wusste, wie weit ab vom Schuss das lag oder einfach so weit weg wie möglich wollte. „Der Fahrer entscheidet!", sagte Leandro und die anderen schienen damit konform zu sein. „Brasilien!", meinte Aurelian. Er grinste. „Wieso denn Brasilien?", fragte Isabelle, die nicht als einzige wenig davon hielt. „Leandro hat gesagt, der Fahrer entscheidet. Und das habe ich getan!", sagte Aurelian, er dachte an den Taxifahrer. „Wie du meinst!", sagte Isabelle, die einen Blick auf die Tankanzeige geworfen hatte und sich dachte, dass Aurelian sich das nochmal

68

überlegen würde. Wenig später fuhr Aurelian auf die nächstgelegene Tankstelle und tankte voll. Er kam aus der Tanke und fuhr weiter. Vier Stunden später wiederholte sich das Ganze. „Ich dachte, du hast kein Geld?", fragte Isabelle. „Hab mein Notfallvorrat geplündert. Der ist extra für solche Fälle!", sagte Aurelian. „Komisch!", dachte Isabelle sich. Aber wenn es so war. „Brasilien ist groß. Wo genau planst du denn, hinzufahren?", sagte Karen. „Drei Buchstaben. R.I.O.!", meinte Aurelian. Rio war seine absolute Lieblingsstadt, viele seiner Filme spielten dort. Dagewesen war er noch nie. „Der Brand wurde bewusst gelegt!", sagte Herr Friese, welcher gerade mit der Versicherung telefonierte. Viel war zum Glück nicht kaputtgegangen, aber trotzdem entstand ein Schaden im vierstelligen Bereich. „Wer war es denn?", fragte ein Versicherungsberater, der alles daransetzte, dem Leiter der Psychiatrie es zu erschweren, die Kostenübernahme auf sein Unternehmen abzuwälzen. „Mein Auto haben die Schweine auch!", sagte Herr Friese, der mit dem Verlauf des Telefonats ganz und gar nicht zufrieden war. „Wir können die Sprache doch gar nicht!", sagte Theo. „Ist das wichtig?", fragte Aurelian. Für ihn war es umso besser, dass er die anderen Menschen nicht verstand und diese umgekehrt ihn auch nicht. „Ich bringe sie dir bei!", meinte Karen. „Willst du sie auch lernen?", fragte Leandro Isabelle schüchtern. „Wie?", fragte Isabelle. „Ich spreche auch Portugiesisch!", sagte Leandro. „Cool, wieso hast du mir noch nicht davon erzählt?", fragte Isabelle, die selber schon mit ihrer eigenen Landessprache Probleme hatte. „Wusste nicht, wie du das findest!", sagte Leandro und brachte alle zum Staunen, weil er meinte, dass er es deshalb könne, weil er es sich aus Langeweile selbst beigebracht habe. „Klar will ich es lernen!", antwortete Isabelle und sagte ein paar Wörter, die sie von Karen aufgeschnappt hatte. Karen gluckste. „Warum lachst du?", fragte Isabelle. „Weil es sich nicht wie Portugiesisch anhört!", sagte Karen, die nett bleiben wollte. „Ich hab schon ne schöne Wohnung gekauft!", sagte Aurelian. „Eine Wohnung?", fragte Isabelle. Keiner nahm ihm das ab. „Ja, ne Wohnung. Die sind in Brasilien billiger als in Deutschland, zumindest die, die ich erworben habe!", sagte Aurelian. „Dafür sieht das Haus bestimmt aus wie ein Termitenhügel!", meinte Leandro. Aber er irrte sich, die Wohnung, welche Aurelian für sie ausgesucht hatte, war traumhaft schön. Mit großzügigen Fenstern, mehreren Balkons und einem beheizten Swimmingpool. „Wieso ziehen nicht mehr Leute hierhin?", wollte Theo wissen. „Schau dir mal die Häuser um uns herum an!", sagte Isabelle. Sie waren in einem Armutsviertel und ihre Immobilie extra für Leute aus dem Ausland gebaut, die sich keine Wohnung in den reichen Gegenden des Landes leisten konnten. Hoher Stacheldrahtzaun schottete ihr Haus von dem Slum, welcher genau vor ihren Augen war, ab. „Ich möchte hier weg!", sagte Isabelle. „Dann geh doch wieder in die Klapse!", meinte Karen. „Lassen wir Stripperinnen kommen?", fragte Leandro Aurelian. Eifersüchtig schaute Isabelle ihn an. „Die müssen wir nicht kommen lassen. Dazu sind die Strände hier!", sagte Aurelian und gab Leandro, voller Stolz, einen Check. „Siehst du hier irgendwo Strand? Ich glaub der Swimmingpool hat dich geblendet, wir sind in einer Gegend, wo außerhalb von unserem Haus alles Scheiße ist!", kotzte Isabelle sich aus. „Wir fahren nach

70

Lagoinha do Leste. Vielleicht gibt's da auch noch nen heißen Stecher für Karen!", sagte Aurelian und meinte zu den anderen, dass sie sich abfahrbereit machen sollten, da er noch heute loswollte. „Boot oder wandern?", fragte Aurelian, was seine Gefährten bevorzugten. Einstimmig das Boot, klare Angelegenheit. „Das Wasser ist ja mal klar!", sagte Isabelle, die sich nicht geträumt hatte, dass die Erde so schöne Flecken bereithielt. „Liegt daran, dass der Strand naturbelassen ist!", meinte Leandro, welcher sich extra vorher informiert hatte, damit er gebildet wirkte. „Boah!", sagte Aurelian, sein Blick ging in Richtung von zwei Schönheiten, die gerade auf den Wellen ritten. „Zeig den doch, dass du es auch kannst!", meinte Theo. „Ich habe ja gar kein Surfbrett!", versuchte Aurelian sich rauszureden, aber damit kam er nicht durch. „Dann fragst du eine von denen, ob sie es dir leiht!", forderte Theo ihn hinaus. „Ich sag dir, wie du das auf Portugiesisch machst!", sagte Leandro, bei Aurelian lagen die Nerven blank. „Claro!", sagte eine schwarzhaarige, dickbusige Frau mit Sonnenbrille. Aurelian bemühte sich, aber viel kam nicht bei rum, schnell übergab er das Board wieder, ehe er sich den Knöchel verdrehen würde. „Giovanna!", die Frau reichte ihm die Hand, Aurelian tat es ihr nach und stellte sich ebenfalls mit seinem Namen vor. Sie wollte wissen, was er hier mache und ob er denn arbeiten gehen würde. „Voce e solteiro?", fragte sie ihn. Aurelian winkte Leandro zu sich. „Sie fragt, ob du eine Freundin hast!", übersetzte Leandro für ihn. Er spielte den Dolmetscher und nach nicht mal einer Minute hatte Aurelian eine Freundin. Die zweite Schönheit schaute neidisch und fragte Leandro, ob er denn auch noch zu haben sei. „Nao!",

71

sagte Leandro und ließ sie stehen. „Das ist Giovanna. Sie zieht mit in unsere Wohnung. Ist meine Freundin, habe sie am Strand kennengelernt!", sagte Aurelian. Leandro bestätigte den anderen, die mal wieder Zweifel an Aurelians Aussagen hatten, das. „Drei Frauen und drei Männer!", sagte Theo, die anderen dachten, er würde noch mehr sagen wollen, aber es kam nichts. Aurelians Neue bestand darauf, den Weg zu wandern, ihr Traumkörper kam scheinbar nicht nur vom spaßigen Surfen. „Das Auto ist weg!", rief Aurelian entsetzt. „Diebstahl. In Brasilien so normal wie dein Fernsehprogramm!", gab Isabelle ihm eins mit. Es war Aurelian gar nicht so bewusst, dass das hier gewöhnlich war, aber da auch abgesehen von Isabelle sich niemand überrascht zeigte, nahm er es hin. „Karma könnte man auch sagen, du hast es ja schließlich selber auch gestohlen!", sagte Leandro zu Aurelian, der einen nervösen Blick zu Giovanna wagte. Er hoffte, dass sie nicht verstand, was Leandro gesagt hatte. „Wie kommen wir zurück?", fragte Isabelle. „Sie fährt!", sagte Leandro, der Giovanna ihr Problem erklärt hatte. Giovanna führte sie zu ihrem Strandbuggy, mit dem sie seit zehn Jahren jeden Tag an ihren Lieblingsort gefahren kam. „Da schafft meiner aber mehr!", sagte Aurelian hämisch. „Aber dafür fährt sie vernünftig!", meinte Isabelle, die damit die Lacher auf ihrer Seite hatte. Aurelian war mulmig zu Mute, er fragte sich, wie seine Freundin reagieren würde, wenn sie sähe, dass sie in einem luxuriösen Haus leben, vor, neben und hinter ihnen aber Familien in Hütten aus Holz und Stroh hausten. Aber Giovanna hatte nur Augen für das Schöne. Sie kam aus einer reichen Familie, ihr Vater Mediziner, ihre Mutter Immobilienmaklerin, die sich auf

72

genau solche Objekte spezialisiert hatte. Das Haus kannte Giovanna sogar, sie setzte sich in den Swimmingpool und massierte Theo. „Andere Länder, andere Sitten!", sagte Leandro, der sich abguckte, wie Giovanna über Theos Haut ging. Aurelian musste langsam akzeptieren, dass es bei vielen verschiedenen Personen auch viele unterschiedliche Bedürfnisse gab. „Heiratet ihr denn auch?", fragte Leandro. „Nein!", sagte Aurelian. Für ihn war Heiraten genauso unsinnig wie das Ausfüllen eines Lottoscheins oder die Schreiben, welche er regelmäßig von der Arbeitsagentur erhielt. Leandro ging zu Giovanna und sagte ihr, dass Aurelian sie nicht heiraten wolle, nicht nur jetzt nicht, sondern generell nicht. Empört stieg Giovanna aus dem Wasser und spritze Aurelian, der wie ein Baby rumheulte, mit einer Wasserpistole ins Gesicht. „Blödmann!", sagte sie in gebrochenem Deutsch. Dann sagte sie irgendwas auf Portugiesisch zu Leandro, der sie nochmal fragte, ob er sie richtig verstanden habe. „Sie will dich heiraten!", sagte Leandro, Aurelian rastete komplett aus. „Wir kennen uns doch gerade mal ne Stunde!", fluchte er. Giovanna erklärte, dass ihr das egal sei, sie verlasse sich stets auf ihr Bauchgefühl. Die beiden standen sich Auge in Auge gegenüber, Leandro war jetzt mehr Vermittler als Dolmetscher, die Luft war dick. „Aber natürlich. Mit dicken Ärschen, sagt sie!", meinte Leandro. Aurelian hatte gefragt, ob denn als Entgegenkommen ein paar schöne Bräute antanzen würden, die eine Show böten. „Ich kann mir das nicht leisten!", meinte Aurelian. Giovanna, sie hatte ihn nicht verstanden, aber vielleicht hatte sie dennoch gewusst, was er gesagt hatte, zückte aus ihrem BH einen Geldbatzen voller bunter Scheine. „Sie

73

übernimmt die Kosten!", übersetzte Leandro das Offensichtliche für Aurelian, welcher aber damit beschäftigt war, sich einzugestehen, dass der Busen seiner Ollen doch nicht einen so exorbitant großen Umfang besaß. „Sie übernimmt die Kosten!", wiederholte Leandro. Endlich nahm Aurelian seinen Blick von Giovannas Oberweite, die war schon so gereizt, dass es nicht mehr lange gedauert hätte, bis sie Aurelian geschellt hätte. „Na dann!", sagte Aurelian, der auf einmal Feuer und Flamme für's Heiraten war, weil er es ja nicht bezahlen müsste und das Hochzeitsessen von ihm mit ausgesucht würde. „Er heiratet dich!", sagte Leandro zu Giovanna, die ausflippte und Aurelian ungefragt auf den Mund küsste. Zwar war es gegen seine Prinzipien, aber er bekam gratis ein Festessen und zu holen gab es für die Frau bei ihm auch nichts. Reis, ein großer Teller mit Guaven und Churrasco standen in der Mitte des Tisches, an dem neben Leandro, Theo, Isabelle, Aurelian und Giovanna nur Freundinnen von Giovanna Platz genommen hatten, was bedeutete, dass an fast jedem Platz eine brandheiße Schönheit saß. Alle flirteten sie mit Leandro, der ihnen aber klarmachte, dass er nicht zu haben sei, weshalb Giovanna fragte, wo seine Freundin denn sei. „Lá!", er deutete auf Isabelle, die auf der anderen Seite saß. Die Brasilianerinnen tuschelten untereinander. Giovanna flüsterte was auf Portugiesisch zu Leandro, welcher den Kopf schüttelte. Sie wollten, dass er Isabelle fragte, ob sie ihn heiraten möchte. „Das Churrasco schmeckt so fett, dagegen kann ein Rumpsteak einpacken!", meinte Aurelian, welcher allein dafür sorgte, dass das Buffet auf die Hälfte geschrumpft war. Sozial von ihm, die zierlichen Mädels aßen alle nicht und Theo wurde schon

74

von einer Papaya satt. Vielleicht schmeckte es ihm auch einfach nicht. „Aber das kann eigentlich nicht sein!", dachte Aurelian. Dass Theo, Isabelle und Aurelian kein Portugiesisch verstanden, drückte die Stimmung nicht, es sorgte für lustige Situationen. So mussten Aurelian und Theo jedes Mal rätseln, wenn eine der Frauen sie etwas fragte. Leandro übersetzte dann oder er ließ es bleiben, je nachdem. „Kann ich jeden Tag heiraten?", fragte Leandro, dem das Churrasco sehr mundete. „Claro. Morgen nimmst mich!", sagte eine Rothaarige mit deutschen Wurzeln. Giovanna guckte ihre Freundin an, die verriet ihr aber nicht, was sie gesagt hatte. „Ich lass dir welche fürs Schlafzimmer übrig!", sagte Aurelian, dessen Wangen Knutschflecke in Rot, Pink und Lila hatten. Samba-Musik ertönte. „Tanzen!", sagten die Frauen wie aus einem Guss und zerrten Aurelian, der ganz rot wurde, von seinem Stuhl. Giovanna drehte blitzschnelle Pirouetten, von denen Aurelian ganz schwindelig wurde. Das Churrasco lag schwer in seinem Magen, den Walzer, der danach folgte, bekam er aber zum Glück hin, doch der krönende Forró, ein brasilianischer Paartanz, bei welchem man sich synchron zueinander im charakteristischen Rhythmus der Musik bewegt, meinte es nicht gut mit ihm. Eine kurzhaarige Frau wechselte die Musik, weil sie es als Beleidigung empfand, wie Aurelian diesen Tanz absolvierte. „Was soll das?", fragte Aurelian. Von allen Seiten eingekreist wurden er und seine neue Ehefrau mit Reis beworfen. Und Giovanna schien das auch noch gut zu finden. „Das bringt Glück, Liebe und Erfolg für eure Verbindung!", sagte Leandro, der Theo und Isabelle sagte, dass sie auch mit Reis werfen sollen. „Nós tomamos banho depois!" (Wir

75

duschen nachher zusammen), sagte Giovanna, die offen mit ihren Reizen spielte und Aurelian die Augen verdrehte. „Das tun wir!", sagte Aurelian und kaschierte die Spucke, welche sich in seinem Mund angesammelt hatte, indem er offensiv einen Zungenkuss von seiner Geliebten einforderte. Isabelle wurde ganz schwindelig im Kopf. Von ihrer Tante in die Psychiatrie, von dort auf die Straße, von dort mit zu Aurelian, von dort nach Brasilien, wo ihr Cousin gerade eine Latina heiratete und von ihr mit Reis beworfen wurde. Dann noch Leandro, den sie vielleicht eines Tages auf die gleiche Weise heiraten würde. „Alles gut?", fragte Leandro, der gemerkt hatte, dass eben nicht alles gut bei Isabelle war. „Viel!", mehr als ein Wort brachte Isabelle nicht raus, aber das reichte Leandro. „Sollen wir uns mal zurückziehen?", fragte er. „Geht schon!", sagte Isabelle, aber Leandro ging trotzdem mit ihr von den anderen weg. Karen, die im Dauergespräch mit zwei eineiigen Zwillingen, die sich gegenseitig Komplimente, wie schön sie doch seien, machten, war, erklärte diesen, dass Leandro und Isabelle nicht das taten, was sie dachten. „Schade!", die Frauen kicherten. „Was ist denn mit dir, Karen?", fragte eine der jungen Mädels in makellosem Deutsch. „Was soll mit mir sein?", fragte Karen irritiert. „Freund!", meinte jetzt eine der Vollblutbrasilianerinnen. „Nee!", sagte Karen, dann wollten die Frauen wissen, ob sie schüchtern sei. „Ähm, nein!" Eine sagte auf Portugiesisch, dass die Jungs sie wohl zu hässlich fänden. Karen, die das natürlich verstanden hatte, antwortete, dass sie nicht so eingebildet sein solle. Giovannas Freundinnen brauchten alle nicht arbeiten, zwei

76

Werbespots für ein Bikinimagazin und das Jahr war wieder ein Erfolg. „Leticia?", fragte eine der Zwillinge Isabelle. Brünette Locken und ein shakendes Hinterteil sollten Isabelle von ihr überzeugen, aber leider teilte Isabelle Letizias sexuelle Orientierung nicht. Auf Nachfrage sagte sie aber, dass der Twerk ihr sehr gefallen habe, obwohl sie sich wie im falschen Film vorkam, im Gegensatz zu Aurelian, der nur zu gerne Isabelles Rolle innegehabt hätte. „Sie ist nicht lesbisch. Hat bloß keinen, weil sie ihre genauen Vorstellungen hat!", sagte Leandro. „Em que você está trabalhando" (Was arbeitest du)?", fragte Giovanna, die von ihren Freundinnen schon mehrfach drauf angesprochen worden war, dass Aurelian nicht wie ein typischer Millionär, also nicht wie einer von ihren Männern aussah und sich auch nicht so verhielte. „Nichts!", sagte Aurelian, aber Leandro hakte dazwischen. „Photograph?", fragte eine der Frauen auf Englisch. „Cool!", sagte eine andere, die anscheinend immer eine Kamera mit sich führte, da sie Aurelian einen Fotoapparat in die Hand drückte. „Du sollst sie fotografieren!", sagte Karen zu dem verdutzt schauenden Aurelian. Posen konnte das Mädel, ihre langen Beine setzte sie gut in Szene, aber ausgerechnet die waren abgeschnitten auf Aurelians Aufnahmen. „You aren' t a photograph! How is your surname?", fragte die Frau. „Xen. Aurelian Xen is my name!", sagte Aurelian, den nichts davon abhielt, seinen Namen preiszugeben. Wieso auch? Die langbeinige reichte ihr Handy rum, bis es zu der Deutsch-Brasilianerin kam, die Aurelian zur Rede stellte. „Bist das du?", fragte sie. „Kann ich mal sehen? Meine Augen sind nicht mehr die besten!", meinte Aurelian. Auf dem Diamond Rose iPhone 4, dem drittteuersten Smartphone der Welt, war ein Artikel über den Brand in der Psychiatrie. In dem Artikel hieß es, dass drei Kinder nicht zum Treffpunkt in Brandfällen gekommen waren und bis dato nicht wiederaufgetaucht seien. Leandro erschrak. Theo erschrak. Karen erschrak. Isabelle erschrak. Aurelian erschrak. Von allen Fünfen war ein Abbild zu sehen, von Isabelle und Aurelian, weil die als mögliche *Täter und Entführer*, wobei Herr Friese diesen Begriff wohl bewusst gewählt hatte, genannt wurden. Giovanna kreischte irgendwas auf Portugiesisch. „Sie will sich von dir scheiden lassen!", sagte Leandro. Nicht nachtragend meinte Aurelian, dass ihm das recht sei. Es war eine sehr, sehr komische Situation. Zwei Gruppen, die sich gegenseitig einfach nur anstarrten und sich fragten, wie sie hier, in diesem Setting, landen konnten. Die Frauen verabschiedeten sich.

Kapitel 4: Wahres Leiden

„Ruhe!", sagte Aurelian erleichtert, doch weit gefehlt. Cops waren in ihr Haus gestürmt. Mit den Polizisten aus Deutschland hatten die wenig gemeinsam, ihre Amtskleidung glich der der Bundeswehr und ihre Waffen trugen sie ganz offen. „Wo kommen die denn her?", fragte Leandro, welcher sie gemustert hatte und sicher war, dass keiner von ihnen deutsch sprach oder verstand. „Giovanna, Betrüger!", sagte einer der Cops, die alle ziemlich breit gebaut waren. Fragend, was jetzt passieren würde, blickte Aurelian den Polizisten an. Der sorgte schon dafür, dass Aurelians Fragen sich in Luft auflösten. Aurelian wagte es nicht, sich zu Wehr zu setzen, die Handschellen lagen ihm so eng an, dass er sich lieber fügte. Auch vor dem Einsatz ihrer Schusswaffen würden die brasilianischen Polizisten im Ernstfall keinen Halt machen. Und die Toleranzgrenze hier war deutlich anders als in Deutschland. Schon wieder saß Aurelian auf der Rückbank eines Polizeiautos, naja, eher war es ein Panzerwagen. Das hatte auch seine Berechtigung, an jeder Ecke wurden er, Isabelle, Leandro, Theo und Karen Augenzeugen von Plünderungen der schutzlosen Familien durch die Gangs des Landes. Die Polizisten schauten weg, sowas waren für sie nur Kleinigkeiten. Damit sie eingriffen, musste schon mindestens ein Mensch gestorben sein. Dass sie sich für Aurelian interessierten lag daran, dass einer der Cops Giovannas Halbbruder war. Aurelian sollte seinen Hass zu spüren bekommen. Leandro, mittlerweile war klar, dass er der mutigste der Truppe war, wechselte ein paar Worte auf Portugiesisch mit den Bullen. Er versuchte, sie umzustimmen, aber blieb erfolglos. „Wo bringen die uns hin?", fragte Theo, der befürchtete, dass Brasilien eines dieser Länder war, wo man für vergleichsweise Kleinigkeiten seinen Kopf hinhalten musste. „Da wo wir hergekommen sind!", sagte Leandro, er formulierte es extra so wage, damit Isabelle nachdachte und sich ablenkte. So viel, wie sie, konnte eigentlich kein normaler Mensch aushalten. „Kannst du sie fragen, ob es dort gutes Essen gibt?", fragte Aurelian, Leandro packte sich an den Kopf, übersetzte aber trotzdem für die Beamten, weil diese wissen wollten, was sein Amigo da gesagt hatte. „Es gibt nichts! Wenn wir uns gut benehmen, vielleicht eine Ananas!", meinte Leandro. Aurelian plagten Schuldgefühle. „Ich habe euch hergebracht!", sagte er. „Und du wirst uns auch wieder wegbringen!", sagte Karen, ihr Kampfgeist war unbändig. Egal wie beschissen die Situation, in welcher sie sich befand, auch war. „Psiquiatria!", las Karen vor. „Psychiatrie!"

„Richtig, Isabelle!" Unfreundlich sagte Giovannas Halbbruder, dass sie alle aussteigen sollten, bis auf Aurelian. Leandro fragte, was los sei. „Du kommst in die Anstalt für Erwachsene!", sagte Leandro entsetzt. Aurelian musste schlucken. Die Cops stiegen wieder ins Auto ein, theoretisch konnten Leandro und Co. einfach von hier weggehen, doch Leandro meinte, dass sie das nicht tun sollten, die anderen verstanden das zwar nicht, aber sie akzeptierten seine Entscheidung. Er war der Klügste. Sie kamen alle zusammen auf ein Zimmer, was ja erstmal gut zu sein schien, doch

80

sie teilten ihr neues Zuhause noch mit *fünfzehn* anderen Kindern. Es stank bestialisch, kein Wunder bei neunzehn Personen auf gerade einmal vierzig Quadratmetern Raum. Der Boden war hier zwar nicht mit Plastik zugemüllt, aber den hätte Isabelle definitiv vorgezogen. Weil es nur eine Toilette gab, mussten die Kinder durch ihre eigenen Ausscheidungen und Flüssigkeiten laufen, wenn sie morgens zum *Café de manha* (Frühstück), das stets äußerst mager ausfiel, liefen. Leandro stellte sie der Truppe, überwiegend Jungen, vor. Eins der wenigen Mädchen erzählte ihm, dass ihre Schwester letztes Jahr an Unterernährung gestorben sei. „Ela morou aqui também?" (Lebte sie auch hier?), fragte Leandro. „Claro!", meinte das Mädchen. Leandro hatte einen Kloß im Hals. „Was hat sie dir gesagt?", fragte Isabelle, die sich als einzige halbwegs vorstellen konnte, was die Kinder hier durchlitten. „Oh weh!", meinte Theo. „Wo sollen wir schlafen?", fragte Karen, die es vor der Antwort graute. Mindestens zu dritt, teilweise sogar zu fünft, lagen sie in ihren zerfetzten und verstaubten Feldmatratzen. Keine Matratze war mehr frei. „Ist schon einmal eine zusammengekracht?", wollte Karen wissen. „Claro!", sagte ein Junge, der aussah, als wäre er der Nächste, der den Tod durch Hungersnot erleiden würde. „Und dann?", fragte Karen. „Sind die Leute, die unter der entsprechenden Matratze lagen, mit Gehirnschäden davongekommen. Wenn sie Glück hatten!", übersetzte Leandro nüchtern. Leandro versuchte zu argumentieren, dass er und Isabelle eine Feldmatratze für sich alleine brauchen würden, doch er merkte selber, dass seine Argumentation keinen Sinn ergab. Es

81

schien auch keine Rolle zu spielen, welches Geschlecht man besaß, hier lagen alle miteinander auf den Feldmatratzen. Sie kamen nicht drum rum, Theo legte sich als erster in eines der Betten. Alle wollten Karen und Leandro bei sich im Bett haben, Isabelle schien völlig überfordert. „Ich schlaf lieber im Stehen!", sagte sie, die Ekel empfand. Sonst ekelten sich die Leute vor ihr. „Wie weit fahren wir?", fragte Aurelian. Die Fahrt mit dem Panzer, indem es fünfundvierzig Grad heiß war, dauerte schon acht Stunden an. Deswegen hatte Aurelian auch vergessen, dass die Polizisten nicht seine Sprache redeten. „Das ist ja gar kein Sanatorium, das ist nen Gefängnis!", dachte Aurelian, als er aus dem Panzer die ersten Umrisse der mutmaßlichen Nervenheilanstalt sehen konnte. Ein Cop hielt ihm die Hintertür auf, dann wurde er von zwei Cops bis zum Eingang eskortiert. Aurelian hatte Gewissheit. „Ich bin im Knast!", dachte er, der bisher nur einmal im Gefängnis gewesen war. Als Besucher von Isabelle, die U-Haft nach einem Diebstahl, der ans Licht gekommen war, absitzen musste. Einen Knast wie diesen hatte er einmal in einer Doku über Gefängnisse in Entwicklungsländern gesehen. Sein zuständiger Wärter schubste ihn in seine Zelle, eine Einzelzelle. „Immerhin!", dachte Aurelian. „Aber schon scheiße!", meinte er dann laut und klopfte gegen die Steinwand. „Die anderen sind dagegen bestimmt in nem Luxushotel!", fluchte Aurelian, der sich als Pechvogel, welcher wenig für seine Situation konnte, hielt. Isabelle und Co. hätten ihn nicht beneidet, doch wichtig war, dass sie die Hoffnung nicht aufgaben. Trotz der mehreren hundert Kilometer, die sie voneinander entfernten. Das hatte Karen am Telefon erfahren. Zum Glück hatte Aurelian

82

schnell eine Nachricht eingetippt, als die brasilianischen Cops gerade einen Plausch miteinander hielten und die Konzentration deswegen nicht auf ihm lag. Schon beim Anblick des Gefängnisses war ihm klargewesen, dass er sein Smartphone hier abgeben müsste. Einen Ausbruchsversuch konnte er sich sparen, der war nahezu unmöglich, und selbst, wenn es ihm gelingen würde, wäre er dann einer, mit den brutalsten Schusswaffen gejagter Mann. Ihm blieb nur die Hoffnung. Hoffnung auf Leandro, Isabelle und den Rest der Chaotentruppe, wie er sie heimlich getauft hatte. Doch die waren erstmal damit beschäftigt, sich mit ihren neuen Lebensumständen zu arrangieren, womit sie selbst nach über einem Monat noch zu kämpfen hatten. Vernünftig Planen ging hier sowieso nicht, wenn sie aus den Betten aufstanden, befanden sie sich schon zu bis zu den Knöcheln in ihrer eigenen Pisse. Tisch? Fehlanzeige! Papier? Fehlanzeige! Irgendetwas Brauchbares? Fehlanzeige! Von den Betten aus miteinander kommunizieren gestalte sich ebenfalls schwierig, da mussten sie immer quer durchs Zimmer brüllen, weshalb sie wiederum welche von den Kindern auf Portugiesisch anfuhren. Eine andere Taktik musste her. Karen und Leandro fragten sich auf Portugiesisch durch, wie die Kinder hierhergekommen waren, was sie so wussten und vor allem, ob jemand von ihnen schon mal versucht hatte, von diesem Ort Reißaus zu nehmen oder jemanden kannte, dem das gelungen war. Ivana, mit die Älteste, erzählte, dass ihre große Schwester vor zig Jahren es mal gewagt hatte und dafür mit dem Tod bezahlte. Die anderen schwiegen. Doch das hieß keinesfalls, dass sie keine Geschwister verloren hatten. Leandro sah wenig Licht, aber er zeigte

83

das nicht. Isabelle, Karen und Theo waren seiner Meinung nach nicht charakterstark genug, um das alles nur in unschädlichem Maß an sich heranzulassen. Die Mahlzeiten zeigten schon ihre Wirkung, Isabelle konnte ihre Rippen sehen, wenn sie sich umzog. „Wir werden sterben!", machte Leandro ihnen klipp und klar deutlich, was passieren würde, wenn sie hier nicht rauskämen. Denn ihre Körper waren ganz andere Standards gewöhnt. Für die Kinder, welche ausnahmslos aus den Slums stammten, war es keine so große Umstellung, auch draußen starben viele von ihnen. „Wie geht's Aurelian?" fragte Isabelle, aber Leandro schüttelte nur den Kopf. Zum ersten Mal in seinem Leben verabscheute Aurelian die Einsamkeit. So in einer Einzelzelle, weit ab vom Schuss und ohne selbst irgendwas ausrichten zu können, war es erdrückend. „De nada!" (Bitte), sagte ein Gefängniswärter, der ihm ein Stück von einem Brot, dass er vor seinen Augen abriss, durch die Gitterstäbe reichte. Mürrisch nahm Aurelian das Brot an. „Obrigada!" (Bedank dich), befahl der Wärter Angst einflößend, doch irgendwie spürte Aurelian keine Angst. Er hatte resigniert. „Mir geht's nicht gut!", sagte Isabelle, die wusste, dass es nicht immer schlecht war, sich jemand anderem mitzuteilen. „Mir auch nicht. Wir müssen so schnell es geht weg, wenn wir hier zulange verweilen, hinterlässt das nicht nur in unseren Köpfen Spuren!", sagte Leandro, welcher zu zweifeln beginn. „Was ist mit denen?", fragte Isabelle. „Es geht nicht!", sagte Leandro. Isabelle nickte bedauernd. Theo seine Socken waren kaputtgegangen, Ersatzpaare hatte er logischerweise nicht. „Die sehen schlimm aus!", sagte Theo, der seine Füße, die ein Pilz befallen hatte, betrachtete. „Heut Nacht musst du schnell

84

auf denen sein!", sagte Leandro und weihte auch Karen ein. Die brasilianischen Kids hatten gecheckt, was sie vorhatten, aber hier brauchten sie keine Angst haben, verpetzt zu werden. Pedro, ein Junge, der Narben an seinen Oberarmen hatte, wünschte ihnen im Namen der Gruppe Alles Gute. „Denk dran, was wir gelernt haben!", sagte Leandro zu Karen, die mit sich rang. Direkt vor ihrem Zimmer standen eine Art Nachtwachen, das hatten sie von Guilherme, einem Jungen mit Locken, erfahren. Dass die einen Prügel in der Hand hielten, hatte er jedoch nicht erwähnt. Anstatt zu fragen, warum sie nicht im Zimmer waren, haute es die Jugendlichen gleich zu Boden. Bewusstlos lagen Leandro, Karen und die zwei anderen da. Genauso hatten die Wachen sich das vorgestellt. Sie gingen weg, wohl zum Chef, um ihm zu melden, dass es Verletzte gab. „Astrein!", sagte Leandro lächelnd und zwinkerte seinen Freunden zu. „Zum Glück haben wir dich!", sagte Isabelle. Bevor der Prügel Leandro wirklich getroffen hatte, ging dieser schon ins Sinken und ließ seinen Angreifer denken, dass er ihn volles Rohr erwischt hatte. „Aber eure Auffassungsgabe ist auch nicht von schlechten Eltern!", meinte Leandro. Er hatte ihnen vorher gesagt, dass sie sich nach dem, was er tat, richten sollten. „Weiter!", sagte Leandro, bevor sie noch vor lauter Freude vergaßen, wieder aufzustehen. Sie rannten. Doch ihre Schritte waren nicht die einzigen, mit einmal lag Karen wieder am Boden. „Aaaahhhhhh!", schrie Karen, aus deren zugekniffenen Augen Tränen kullerten. Leandro ging mutig drauf zu, einhändig entwaffnete er den Wärter und nutzte seine eigenen Waffen gegen den brutalen Wärter, der seine Freundin gerade fast ums Leben gebracht hatte. So musste auch

85

Ivanas ältere Schwester vor ein paar Jahren uns Leben gekommen sein. Es blieb keine Zeit. „Weiter geht's!", sagte Leandro, der merkte, dass die anderen sichtlich mitgenommen waren, obwohl sie vorher wussten, was passieren könnte. „Da ist ein Ausgang!", sagte Isabelle, doch es schien, als ob sie jemand gehört hatte, denn jetzt war da kein Ausgang mehr. „Stellt euch tot!", sagte Leandro. „Der Boden ist an manchen Stellen nicht aus Stein, sondern aus Lehm!", meinte Isabelle, die sich das genau anschaute. „Wir haben keine Schaufeln!", sagte Karen, aber Theo meinte, dass sie wohl welche hätten. „Wo siehst du denn welche?", fuhr Karen, die Hass hatte, ihn an. „Nummer eins und Nummer zwei. Insgesamt haben wir ganze acht Schaufeln, das sollte doch reichen für vier Personen!", sagte Theo. „Könnte funktionieren!", meinte Leandro und grub mit seinen Händen. „Tut etwas weh, aber halb so wild!", sagte er, sie konnten sich tatsächlich hier rausbuddeln. „Das geht mir jetzt aber zu gewöhnlich!", witzelte Theo. Die beiden Mädchen kicherten, aber Leandro sagte ihnen, dass sie das bleiben lassen sollten. „Sollen wir die anderen nicht noch nachholen?", fragte Isabelle. Leandro überlegte. Er überlegte lange. „Zu gefährlich!", sagte er dann. Es tat ihm leid, dass sie die armen brasilianischen Kinder, ohne deren Backgroundinformationen sie es niemals hier rausgeschafft hätten, zurücklassen mussten. „Geschafft!", sagte Isabelle ungläubig. Irgendwie kam sie aus jedem Schlamassel wieder raus. Und manövrierte sich dann aber in den nächsten. „Das war doch recht einfach. Im Verhältnis gesehen!", sagte er. Eine von ihnen war fast gestorben und doch hatte Leandro recht. Was als nächstes auf sie wartete, würde das, was ihnen gerade passiert

86

war, auslachen. „Erstmal Pause!", sagte Theo. „Nein!", meinte Leandro lautstark, doch es nützte nichts, Theo war eingeschlafen. Karen und Isabelle schauten Leandro an. „In dem Alter wird man müde von Stresssituationen!", sagte Leandro. Er selbst war eigentlich auch hundsmüde, aber manche Sachen gingen zu bestimmten Zeitpunkten eben nicht. „Der wiegt ja nichts!", meinte Leandro, welcher Theo alleine trug, was die Mädchen freute. Fünf Kilometer Fußmarsch müssten fürs Erste als Entfernung reichen. Weiter wären sie eh nicht gekommen, die Erschöpfung merkten sowohl ihre Körper, als auch ihre Köpfe. Als Schlafplatz diente eine Müllkippe, auf welcher die Kinder tagsüber arbeiteten, um ihren Familien etwas hinzuzuverdienen. Hier würde bestimmt niemand mit ihnen rechnen. Eigentlich stank es fürchterlich, doch in der Geruchswahrnehmung von Isabelle, Karen, Theo und Leandro war es gar nicht so schlimm, es roch fast schon angenehm. Aber Isabelle und Leandro hatten noch was ganz anderes festgestellt. „Ist was?", fragte Theo, der sah, wie die zwei sich anschauten. „Nichts, nichts!", sagte Isabelle, Hals über Kopf verliebt. „Aurelian!", sagte sie dann, mit der Tonlage ihrer Stimme schwang auch ihre Laune um. „Der kriegt da aber bestimmt was zu Essen. Sie wollen ja nicht, dass ihre Criminoso (Schwerverbrecher) kruppieren!", meinte Leandro und führte aus, dass sie, bevor sie sich Aurelian widmen würden, sich lieber erstmal Nahrung für sich selbst beschaffen sollten. „Ich habe noch etwas Geld!", sagte Theo. Doch Geld nützte nur was, wenn es auch etwas gab, dass man sich dafür kaufen konnte. Aber sie waren weit weg von den Marktplätzen, auf welchen tropische Früchte und inländisches Fleisch von den

87

Bauernhöfen der Verkäufer gehandelt wurden. Und von Menschen fehlte auch jede Spur. „Ich halte es nicht bis morgen aus!", sagte Isabelle, was keineswegs bloß Rumgeflenne war. „Meint ihr, hier gibt's sowas wie nen Lieferdienst?", fragte Theo, in Angst, dass die anderen ihn auslachen würden, was diese teilweise auch taten. „Ich glaube, wir müssen zu Kannibalen werden!", sagte Karen, die enttäuscht war, dass sie es geschafft hatten, aus der Hölle zu fliehen, das aber wohl doch nicht half. „Lasst die Köpfe nicht hängen!", sagte Leandro. Aber Worte konnten nicht gegen alles ankommen. „Wollen wir auch heiraten, Leandro?", fragte Isabelle, welche die Zeremonie von Giovanna und Aurelian sehr schön gefunden hatte, auch wenn das *mit Reis bewerfen* nicht so ihren Geschmack getroffen hatte. „In paar Jahren!", sagte Leandro. „Nein, jetzt!", meinte Isabelle und umklammerte ihn fest. Für Leandro fühlte es sich an, als sei ein kleines Baby um seine Hüfte gefallen. „Wieso das denn?", fragte Leandro verwirrt. „Wir werden nicht volljährig werden!", sagte Isabelle. Er löste sich aus ihrem Klammergriff. „Theo, komm!", meinte Leandro. „Wohin?", fragte Theo, aber Leandro war schon losgegangen. „Wo willst du hin?", fragte Theo ihn erneut. „Zur nächsten Straße!", sagte Leandro, der keine Ahnung hatte, wann diese auftauchen würde. „Was wollen wir denn da? Denkst du, dass dort ein Auto für uns steht?", fragte Theo. „Nein. Unwahrscheinlich!", sagte Leandro und ging weiter. „Dachte ich mir' s doch!", meinte Leandro erleichtert. In seinen Händen hielt er ein totes Capybara. „Woher?", fragte Theo. Immer wieder brachte Leandro nicht nur ihn zum Staunen. „Auf Brasiliens Straßen sterben fünfzehn Wildtiere pro Sekunde!", sagte

88

Leandro. „Schade, dass es ein Capybara sein muss, bestimmt ist der den Mädchen zu niedlich!", fuhr er fort. „Essen!", sagte Leandro und legte das Nagetier in die Mitte. „Den rühr ich nicht an!", sagte Karen. „Viel zu süß!", meinte Isabelle, die lieber den Hungertod sterben wollte. „Wenn ihr nicht esst, befreien Theo und ich Aurelian alleine!", sagte Leandro. Isabelle und Karen nickten. „Bitte!", sagte Leandro, sie aßen das ganze Capybara, welches fünfunddreißig Kilo wog und damit zu den leichtesten seiner Art zählte, auf. Normalerweise hätten sie niemals so viel essen können. „Seid ihr satt?", fragte Leandro. „Schon!", antwortete Isabelle. „Ich kann noch eins holen, wenn du willst!", sagte Leandro. „Nein, nein!", meinte Isabelle entschieden. „Wie bekommen wir ein Gefährt, acht Stunden sind ja schwer zu Fuß zu bewältigen?!", sagte Karen, die ihr Stück Fleisch wie ein richtiger Mann gegessen hatte. „Ja!", sagte Isabelle leise. Leandro war froh und auch stolz auf sich, dass er es hinbekommen hatte, dass sie alle vier den Glauben wiedergefunden hatten. Aurelian nahm einen Happen. Dann war sein Brot auch schon auf. „Vielleicht ist es ja mit Gift versetzt!", dachte Aurelian. Was wohl die anderen Insassen machten? Er wusste ja weder, wie die so drauf waren, noch ob sie auch alle in Einzelzellen schmorrten. Er hatte noch nicht mal einen von ihnen gesehen. Vielleicht war er ja auch der Einzige hier. „Ich hoffe, die holen mich nicht!", sagte Aurelian. „Dann können die wenigstens noch was aus ihrem Leben machen!" Es fühlte sich schon komisch an, die ganze Zeit Selbstgespräche zu führen. Ab und an kommentierte er zwar die Geschehnisse seiner Fernsehsendung, aber ansonsten genoss er einfach seine Ruhe, als er daheim war. An manchen Tagen sagte er kein Wort. Wirklich kein Wort. „Isabelle ist nicht so schweigsam wie ich. Liegt wohl an ihrer Genetik!", dachte er. „Wobei meine Eltern auch solche Wortakrobaten waren!", sagte er und grübelte. In erster Linie diente das Grübeln der Ablenkung und dem Zeitvertreib. Am besten, er würde solange Grübeln, bis seine Cousine, Leandro, Karen und Theo plötzlich hier aufkreuzen und ihn aus den Fittichen dieser korrupten Schweine befreien würden. „Ich sollte nie aufhören, zu grübeln. Solange ich hier drin bin!", meinte Aurelian. Er hatte schon einen ganzen Tag nichts mehr getrunken. „Agua!" (Wasser), sagte er zu einem Wärter, welcher gerade zufällig an seiner Zelle vorbeilief. Das Wasser schmeckte fürchterlich und Aurelian war sicher, dass die Wärter nicht das gleiche Wasser tranken, aber immerhin hatte er was bekommen. „Wenn ich mich nicht selbst kümmere, werde ich verdursten!", sagte Aurelian, welcher realisiert hatte, dass die Gefängnismitarbeiter sich einen Dreck für ihn interessierten. Er passte hier überhaupt nicht rein, zwei Wärter, die im Plausch waren, hörte er was von *Criminoso* reden. Das Wort hatte er schon bei Leandro aufgeschnappt. „Vielleicht frag ich einfach, ob die mich gehen lassen?", dachte Aurelian, der seine Idee gar nicht so schlecht fand, doch jetzt erstmal Schlaf brauchte. „Du!", sagte er am nächsten Morgen zu dem Wärter, welchen er zuvor um was zu Trinken gebeten hatte. „Ja - a?", lispelte dieser. Aurelian versuchte ihm auf Portugiesisch zu erklären, was er von ihm wollte, aber er bekam es nicht hin. „Ich. Raus. Hier!", versuchte er es mit der Methode der wenigen Worte. „Du raus hier?",

90

fragte der Mann. „Sim por favor!" (Ja bitte!), antwortete Aurelian. Von Karen und Leandro hatte er einige Vokabeln gelernt, das fiel ihm erst jetzt auf. Sprachen zählten nicht zu seinen Lieblingsfächern in der Schule, wie häufig hatte er die Sinnhaftigkeit, warum er an einer deutschen Schule zwei weitere Fremdsprachen, die er, welcher nicht vorgehabt hatte, auszuwandern, belegen musste, angezweifelt. Der Wärter hielt inne, offenbar ließ er Aurelian vielleicht wirklich raus. „Du raus hier?" Aurelian nickte. „Ich Job los!", sagte der Wärter, wendete seinen Blick ab und ging davon. „Mist!", fluchte Aurelian, der Wärter lächelte leicht, offenbar hatte er das gehört. Leandro, Isabelle und Co. kamen nicht wirklich weiter. Tag ein, Tag aus ernährten sie sich von toten Tieren, die in Übermenge an den Seiten der Schnellstraße lagen. Immerhin die Straßen freigeräumt hatte wohl irgendwer. „Sind wir eigentlich blöd? Die Lösung ist doch direkt vor unserer Nase!", ärgerte Leandro sich. Karen dachte nach. „Aber wie willst du es stehlen, wenn jemand damit fährt?", fragte Isabelle, welche erraten hatte, was Leandro eingefallen war. „Wir stehlen es nicht. Wir fahren mit!", sagte Leandro, der dem Anschein nach wirklich dachte, dass jemand Wildfremdes mehrere hundert Kilometer, die dieser jemand eigentlich nicht zu fahren brauchte, für sie auf sich nehmen würde. Der bestialische Gestank aus der Psychiatrie hatte ihre Kleidung befallen. „Es müsste schon ein Ökobauer vorbeikommen, der würde sich, eventuell, zumindest überlegen, ob er mit uns in einer Karre sitzen möchte!", meinte Karen humorvoll. Leandro winkte, das Auto zischte an ihnen vorbei. Er winkte erneut, der Fahrer kurbelte seine Scheibe runter. „Wir müssen nach… !",

91

sagte Leandro auf Portugiesisch. „Dann steigt mal ein!", meinte der Mann, er war eher schon ein Opa. Damit hatten sie niemals gerechnet. „Riechen Sie das gar nicht?", fragte Karen. „Doch, doch!", meinte der Mann, welcher kein Einheimischer war und seltsamerweise trotzdem fließend Portugiesisch und Deutsch sprach. „Aber?", bohrte Isabelle nach. Sie wollten unbedingt wissen, was diesen alten Typen veranlasste, sich mit ihnen abzugeben. „Mein Leben ist einsam. Früher wurde ich von allen ausgeschlossen. Deswegen weiß ich, wie es ist, als Aussätziger behandelt zu werden!", sagte er und atmete tief ein. Sein Kleidungsstil war irgendwo im Mittelalter stecken geblieben. Oder er hatte einen seltsamen Fetisch. Der alte Mann saß nämlich in einer klappernden Ritterrüstung an seinem Fahrersitz. Es fehlte nur noch, dass er einen Dolch bei sich führte. „Was haben sie gearbeitet?", fragte Theo. „Metzger. In Argentinien!", sagte der Mann, der meinte, dass er die Rüstung tragen würde, damit er nicht so wie die Schweine und Rinder in seiner Fabrik endete. Komischer Kauz. „Und bei euch so?", sagte er, der sich freute, dass da Zuhörer waren. „Nicht viel!", meinte Theo. Grimmig schaute Leandro ihn an. „Unsere Geschichte dauert lange!", sagte er. „Ich hab Zeit!" Leandro hatte gehofft, dass er das sagen würde. Die anderen gähnten schon, so ausführlich und detailliert erzählte Leandro ihm ihre Story. Aber da steckte ja auch eine Strategie oder zumindest eine Hoffnung hinter. „Solche wie euch hab ich noch nie von dieser Straße aufgegabelt!", sagte der Mann und ließ durchblicken, dass sie nicht die ersten waren, mit denen er in seinem Auto über die

92

Vergangenheit und Pläne für die Zukunft sprach. „Ja, wir sind lebensmüde!", sagte Isabelle. Sie sprach absichtlich schlecht von ihnen, bestimmt hatte der Fahrer sie nur aus Höflichkeit mitgenommen und bereute es schon. „Lebensfroh!", entgegnete der Mann und erklärte, was er damit meinte. „Lebensmüde wäre es jawohl, wenn ihr euch einfach mit der Situation abgefunden hättet. Stattdessen habt ihr das einzig richtige getan und euer Leben für etwas viel Wichtigeres, nämlich eure Freiheit, aufs Spiel gesetzt!", sagte der Mann und blickte stolz, was die Jugendlichen aber naturgemäß nicht sehen konnten. „Der könnte auch mal Politiker gewesen sein!", dachte Theo, der selber politisch engagierte Menschen in seiner Familie hatte. „Wir müssen noch lebensfroher werden!", sagte Leandro. „So geht' s jedenfalls nicht!", meinte der Mann, er hatte gerade ein Reh angefahren, das jetzt qualvoll dastand. „Wie wär's, wenn du in deiner Freizeit Schutzanzüge für Wildtiere baust?", scherzte Leandro. Die beiden verstanden sich. „Wie meinst' n das?", fragte der Mann, der ihnen endlich auch mal verraten hatte, dass er *Franco* hieß. „Wie? Ach, war nur nen Scherz!" sagte Leandro, durch den Wind. „Das mit dem ihr müsstet noch lebensfroher werden!", erklärte der Mann die wahre Absicht seiner Frage. „Aurelian, unser Freund und gleichzeitig Isabelles Cousin, der war damals auch mit uns in dieser Psychiatrie. Er hat uns nach Brasilien gefahren, aber als wir in die Klapse gesteckt wurden ist er woanders hingekommen!", sagte Leandro. „Und wohin?", fragte Franco neugierig. „Anisio Jobim!", las Leandro, der nicht wusste, ob er es richtig aussprach, von seinem Handy vor. Der Mann nahm seinen Helm ab, sonst wäre er vor Panik darunter

93

erstickt. „Was ist?", fragte Isabelle, die seine Mimik zu deuten versuchte. „Das ist keine Psychiatrie, in welche die euren Freund gesteckt haben."

„Sondern?", fragte Leandro, der Gewissheit haben wollte. „Vielleicht ist es doch manchmal lebensmüde für die Freiheit zu kämpfen!", sagte Franco. Er hatte nicht gedacht, dass er diesen Satz einmal sagen würde. „Raus mit der Sprache!", befahl Leandro. „Anisio Jobim ist eins der gefährlichsten Gefängnisse Brasiliens. Das liegt in Manaus. Da herrschen Bandenkriege und Tote sind so normal wie Insekten!", sagte Franco, der die Stirn runzelte. „Manaus ist doch am Ufer des Rio Negro oder?", fragte Leandro. „Ja, gute acht Stunden von hier!", meinte Franco, der eine Art Jalousien an den Fensterscheiben hinabließ. Die Sonne glühte so heiß, dass es trotzdem noch furchtbar warm in dem Auto war. Franco war einfach weitergefahren. Er hatte kein weiteres Wort gesagt. „Ähm, Franko?", fragte Leandro bedacht. „Ja, Amigo?", meinte Franco. „Bis wohin fährst du uns?", meinte Leandro. „Na bis Manaus. Bis Anisio Jobim!", sagte Franco, sein Gesichtsausdruck eine Mischung aus Angst und Freude. „Muito obrigado. Was schulden wir dir dafür?", meinte Leandro, der seinen überschwänglichen Dank zum Ausdruck brachte. „Ihr schuldet mir nichts. Ihr gebt mir ja schon was!", sagte Franco. „Der steht wohl auf Rätselsprache!", dachte Leandro. „Was ist, wenn wir da sind?", fragte Isabelle. „Dann gibt's hackeado!", sagte Franco, der sie verängstigten wollte. Isabelle schaute zu ihrem Freund. „Hackfleisch!", übersetzte Leandro. „Nein, um ehrlich zu sein ist das ziemlich schwierig. Was meinst du, Leandro?", antwortete Franco.

94

„Tja!", meinte Leandro. Da war sie wieder, seine berühmt berüchtigte Ratlosigkeit. "Mit Improvisation ist da nicht!", sagte Karen. „Im Prinzip haben wir nur eine Chance, nein, eigentlich haben wir keine Chance!", sagte Franco, den genau das aber anspornte. „Was hast du da am Hals?", fragte Theo. „Cicatriz, Narben!", sagte Leandro, der Theo auch erklären konnte, wie die Narben an Francos Hals entstanden waren. „Er wurde geschlagen!" Franco weinte nicht, das gehörte sich nicht, das wurde ihm so beigebracht. „Stimmt!", sagte er abgestumpft. „Wieso wurdest du geschlagen?", fragte Isabelle. Jetzt war es nicht mehr so gut um Francos Gelassenheit bestellt. „Ich war selbst mal da drin!", sagte er und wischte sich eine feuchte Träne aus dem Auge. „Wo warst du mal drin?", fragte Theo. „Anisio Jobim!", sagte Franco. Er hielt an. Nach nur ein paar Sekunden fuhr er wieder weiter. „Gab es Tentativas de fuga?", fragte Leandro. Aurelian hätte jetzt bestimmt gedacht, das wäre was zu Essen. „Ja. Ausbruchsversuche gab es noch und nöcher, aber die deutliche Mehrzahl davon hat blutig geendet!", erklärte Franco. „Und die, die nicht blutig geendet haben?", fragte Theo. „Die haben Glück gehabt, dass die Wärter einen guten Tag erwischt hatten. Sind mit Betäubungsschüssen auf Rücken, Fersen und Beine oder mit einer Tracht Prügel davongekommen." Schockiert starrten Theo, Karen, Isabelle und Leandro vor sich hin. „Hat es denn schon mal einen erfolgreichen Ausbruchsversuch aus Anisio Jobim gegeben?", fragte Leandro, den das einiges an Überwindung gekostet hatte. Franco antwortete nicht. Franco starrte ihn an. Leandro starrte Franco an. Für Leandro war es klar, doch Isabelle und Co. besaßen eine lange Leitung. „Wie sollen wir das schaffen, wenn es noch nie jemand geschafft hat?", fragte Karen frustriert. „Es hat jemand geschafft!", sagte Leandro mit Betonung auf das *jemand*. „Wie hat dieser jemand es geschafft?", wollte Leandro wissen. „Das weiß ich nicht mehr. Danach hatte ich ein Trauma, viele meiner Kollegen haben es bei dem Ausbruchsversuch nicht geschafft!", sagte Franco, der mit seinen Emotionen zu kämpfen hatte. Dem Tod ins Auge gesehen, das hatten drei Personen in diesem Wagen, eine von ihnen mehrfach. „Bist du in Behandlung gekommen?", fragte Leandro. „Ja. Ins Sanatorium, in Deutschland. Fast wäre ich da gar nicht mehr weggekommen, richtig geholfen wurde mir und soweit ich es beurteilen kann, auch Teo nicht."

„Teo?", fragte Isabelle. „Tschuldige. Mein Bruder!", meinte Franco, der seinen geliebten Bruder bis dato nicht wiedergesehen hatte. „Da war alles komisch!", sagte Franco. „Es fing schon mit dem Essen an. Wer nicht früh genug da war, bekam einfach nichts und das in Deutschland!", sagte er. „Weißt du noch, wie die Mitarbeiter so drauf waren?", fragte Leandro. Er hegte einen Verdacht. „Nein, woher soll ich das wissen? Ich kann mich nur noch an Herrn Friese erinnern!", sagte Franco und wurde auf einmal, ohne dass er es verstand, von allen Seiten zugetextet. „Ihr alle wart mit meinem kleinen Bruder auf einem Zimmer?", fragte Franco unglaubwürdig. „Das ist ja mal ein Zufall!", sagte er baff. „Und dann sind wir auch noch auf dich gestoßen!", meinte Isabelle schmunzelnd. „Das ist noch krasser!", sagte Franco, der wenig von Anpassung hielt. „So viele Zufälle sind kein Zufall!", ging es Leandro durch den Kopf. „So viele Zufälle sind kein Zufall!", jetzt

96

hatte er es laut gesagt. Ihre Köpfe ratterten. „Wie lang sind wir eigentlich schon gefahren?", fragte Theo. „Sechs Stunden!", antwortete Leandro. „Wir müssen vorher wissen, wie wir vorgehen, ich hätte für meinen bescheuerten Plan damals fünf Kopfschüsse verdient!", sagte Franco, der den Motor ausschaltete. „Wie ist Aurelian?", fragte Franco. „Eigen!", sagte Isabelle. „Perfekt, das reicht mir schon fast!", meinte Franco, den bloß noch interessierte, ob bei Aurelian irgendwelche körperlichen Schäden, welche die Flucht erschweren würden, vorlägen. „Er ist nicht der Sportlichste. Aber er ist gesund, mit Ausnahme seiner Leber!", meinte Isabelle, die es traurig fand, dass sie darüber lachen musste. „Leber und Leben sind nah beieinander!", sagte Franco. „Dein Gesicht und meine Faust auch!", sagte Isabelle zornig, sie reagierte sich aber wieder ab. „Giovanna war eh nicht mein Typ!", meinte Aurelian, er ging in seiner winzigen Zelle hin und her. Das sollte den Wächtern auffallen, sie sollten sehen, dass er regelrecht verzweifelt war. „Ach scheiße, warum juckt das denn keinen?", schrie er sehr, sehr laut. Er setzte sich auf die Bettkante und blickte nach unten, auf seine Schuhe. „Ganz schön groß!", sagte er, zog sich den rechten Schuh aus und donnerte diesen gegen die kahle Wand. „Ich bin verrückt!", sagte er. Seelisch befand er sich am Abgrund.

97

Kapitel 5: Waghalsig

„Alle bereit?", fragte Franco, der die Chefrolle von Leandro über-
nommen hatte. „Claro!", sagte Leandro. „Claro!", sagten auch I-
sabelle, Theo und Karen, aber ihr *Claro* war ein ganz anderes.
„Erst rein und dann raus, damit kennst du dich ja aus, Leandro!",
meinte Franco prächtig amüsiert. Da ging Leandro nicht drauf ein,
solche Sprüche waren ihm unangenehm. Theo hätte gerne in
Francos Lachen miteingestimmt, aber ihm war nicht nach Lachen
zu Mute. „Du denn?", vielleicht lagen die letzten gemeinsamen
Momente vor ihnen, da konnte Theo ruhig einen raushauen. „In
Brasilien nimmt Mann mit, was er kriegen kann!", sagte Franco
mit einem breiten Grinsen. „Der redet nicht nur!", dachte Karen.
Francos braune Haut, sein Wuschelkopf und sein überraschend
guter Style, unter der Ritterrüstung trug er ein Jersey, der Verein
war nicht bekannt, aber es sah bombe aus. Dazu neonfarbene
Sneaker, die richtig was hermachten. „Fast würde ich auf den
stehen!", sagte sie und lachte, weil sie an seine Ritterrüstung und
seine Art dachte. „Hm?", fragte Franco. „Nichts, nichts!", meinte
Karen und vergaß dabei fast, was Sache war. „Isabelle?", fragte
Leandro. „Ja?" Er küsste sie. „Ist nicht der letzte gewesen!", versprach Leandro. „De nada!", sagte Franco. Die Wärter nahmen
sein Geld und gingen weiter. „Pare!" (Stopp), zischte Franco. Er
fragte, in welcher Zelle Aurelian sei. Der Zeigefinger des einen

98

Wächters deutete auf Francos Hosentasche. Franco zückte weitere brasilianische Reale hervor und übergab das Geld. „Primeira célula à direita!"

„Erste Zelle auf der linken Seite!", sagte Franko zu Theo, Isabelle, Karen und Leandro. „Geld ist in Ländern ohne stabile Währung mehr wert!", erklärte Franco, der aber wusste, dass er gerade genauso gut an nicht korrupte Wächter hätte gelangen können. „Die erste Zelle links ist doch hier?", fragte Isabelle, welche sich wunderte. „Claro!, so gesehen hätten wir die Wachen gar nicht gebraucht!", sagte Leandro, welcher versuchte die Gitterstäbe zu durchbrechen. „Kannste knicken!", sagte Aurelian. „Eben nicht!", die beiden lachten sich an. „Pssst!", ermahnte Franco sie. „Franco?", sagte Theo, der hoffte, dass Franco einen Schlüssel hervorzauberte. „Das wäre was gewesen, wenn ich damals nen Schlüssel hätte mitgehen lassen!", sagte Franco, der leider weder damit, noch mit einer Ahnung, wo sie einen herbekommen konnten, dienen konnte. „Ohne euch wird das nichts!", sagte Franco mit einer bedenklichen Stimme. „Ich glaub, die denken, nur weil ich es einmal geschafft habe, würde ich das schon wieder schaukeln!", dachte er und schaute Karen, Isabelle, Theo, vor allem aber Leandro, enttäuscht an. „Leandro!"

„Ja?" Leandro drehte seine Augen im Kreis. „Wer hat das gesagt?", fragte er. „Ich!", sagte Aurelian mit fester Stimme. „Mach meine Cousine glücklich!", sagte er. „Steinboden!", meinte Leandro. Er sackte zusammen. „Was hast du?", fragte Isabelle. „Ich kann einfach nicht mehr!", sagte Leandro, der sich wieder aufraffte und Karen, Isabelle und Theo mitteilte, dass sie ihre grauen

99

Zellen anstrengen müssten, er käme auf nichts. Isabelle packte an die Gitterstäbe. „Was machst du da?", fragte Aurelian. „Aus welchem Material sind die, Metall?" Aurelian nickte. Isabelle guckte Franco an. „Gibt es hier Säure oder Essig?", fragte sie. „Säure gibt es! Die gehört hier zur Standardausrüstung der Wächter!", sagte Franco. „Klasse!", freute Aurelian sich. Er hatte ernsthaft den Gedanken, dass er gleich aus Anisio Jobim frei sein würde. „Wir müssen den Wächtern hinterher!", meinte Franco. Die Hacken der Wächter sahen sie gerade um die Ecke biegen. „Na dann!", sagte Isabelle, Adrenalin schoss durch ihre Adern. „Pare!" (Stopp), sagte Leandro. Franco hatte zu ihm gemeint, dass nicht immer er die Wächter ansprechen solle. Grimmig guckten die beiden Muskelberge Leandro an, so ein kleines Würstchen hatte ihnen gar nichts zu sagen. Franco ergriff das Wort. Der eine von ihnen hielt eine hochätzende Säureflasche an seinem Körper. „Fünfhundert reais!", forderte er von Franco, welcher „Claro!", sagte. Er grub in seiner Hosentasche. „Sem denheiro?" (Kein Geld?), fragte der Mann streng. „Au!", dieser mächtige Typ war soeben von Leandro mit einer Backpfeife außer Gefecht gesetzt worden, wo auch immer dieser die Kraft hergenommen hatte. Franco sagte dem verbliebenen Wächter irgendwas auf Portugiesisch, Isabelle fand, dass es sich wie eine Drohung anhörte. Widerwillig nahm er seinem Kollegen die Säureflasche ab und übergab sie an Franco, der sich bei ihm bedankte. Franco und der Mann tauschten einen Blick aus, in Bruchteilen von Sekunden lag der Wächter neben seinem Kumpanen auf dem Boden. „Nein!", sagte Isabelle. Franco hatte die Säureflasche aufgedreht und wollte mit dieser nun die

100

beiden Wächter überschütten. Franco guckte in die Gesichter seiner neuen Bekannten. Ausnahmsloses Entsetzen sah er da. „Wenn man in diesem Gefängnis eingesessen hat, ist das Schmerzempfinden ein anderes!", sagte Franco. Er war enttäuscht. Enttäuscht von sich selbst. „Wir brauchen den Inhalt eh für was anderes!", sagte er und griff die Gitterstäbe mit der ätzenden Flüssigkeit an. „Das wird dauern, sind ja keine Stäbe aus dem Baumarkt!", meinte Franco, der mit ihnen zu den Gäste-WC's schlich, um sich dort zu verstecken. Das Badezimmer war in einem nicht in Worte zu fassenden Zustand, es miefte. Nach Blut, nach Gift und irgendwie auch nach Angst. „Was ist, wenn andere Wächter die beiden dort liegen sehen?", fragte Karen. „Dann haben wir gelitten!", sagte Leandro. Franco nickte zustimmend. „Wir müssen sie unauffällig wegtragen!", meinte Franco, Leandro wollte wissen, wie das denn gehen solle, doch da sahen sie durch den Spalt der Badezimmertür, dass die beiden benommenen Wächter bereits entdeckt worden waren. „Der hat meinen besten Freund ermordet!", sagte Franco leise. Im Mut machen war er einsame Spitze. „Der ist ranghöher als die anderen!", erklärte Franco. Auf der Brust des Mannes, der eher wie eine Bestie aussah, war ein Anhänger angebracht. Vorsichtig schloss Leandro die Tür. Ein lauter Knall dröhnte auf ihre Ohren. „Was?", fragte Theo schockiert. Zehn Minuten später öffnete Franco die Tür, aber nur einen winzigen Spalt breit. Karen lukte hindurch. Sie musste nichts sagen, damit die anderen wussten, was sie dachte. „Wie sehen die Metallgitterstäbe aus?", riss Franco sie aus ihren fürchterlichen Gedanken. „Kann ich von hier nicht erkennen!", sagte Karen, welche für sich entschieden hatte,

101

dass sie definitiv nicht die erste wäre, die ihre Füße aus diesem Raum setzen würde. „Wer traut sich?", fragte Franco. Auch er zitterte. „Habt ihr alle eine Zahl zwischen Eins und Zehn?", wollte Isabelle wissen. „Ja!", sagte Theo. Er stöhnte. „Für welche habt ihr euch entschieden?", fragte Isabelle. „Fünf!", sagte Leandro. Er hatte gedacht, dass er mit der goldenen Mitte nichts hatte falsch machen können, aber weil Theo die Sechs, Karen die Sieben und Franco die Zehn gewählt hatte und Isabelle an die Acht gedacht hatte, war er der trostlose Verlierer. „Zieh deine Schuhe aus!", gab ihm Franco einen Rat. „Jede Kleinigkeit kann über Leben und Tod entscheiden!", sagte er zu Leandro, der den Vorschlag mit einem Stirnrunzeln zur Kenntnis nahm. Übervorsichtig taperte Leandro, nachdem er schnelle Blicke nach rechts und links getätigt hatte, in Richtung von Aurelians Zelle. Aurelian hatte sich so weit hinten wie möglich auf sein Bett gesetzt. Fest packte Theo an die Metallgitterstäbe. Sie waren gerostet. Er winkte die anderen, welche trotz seines Zeichens, dass alles im Lot war, beim ersten Tritt auf den Boden außerhalb des WC' s kein gutes Gefühl hatten, zu sich. „Strengt euch an!", meinte Franco. Auf Biegen und Brechen versuchten sie die Gitterstäbe auseinanderzureißen. Doch es funktionierte nicht. „Pack mit an, Aurelian!", sagte Karen. Jetzt klappte es tatsächlich. Zusammengequetscht stieg Aurelian aus seiner Zelle, es fühlte sich wie der Schritt zurück in die Freiheit an. Dabei waren sie noch immer in einem der härtesten Gefängnisse Südamerikas. „Scheiße!", schrie Franko, der ihren bisher so erfolgreichen Ausbruchversuch am Scheitern sah. „Auf den Boden!", er und die anderen warfen sich der Länge nach hin. Direkt neben

102

ihnen die beiden Wärter. „Was tust du?", fragte Isabelle ihren Freund, der sich über die beiden Wärter gebeugt hatte und ganz präzise beobachtete, wie diese dort lagen. „Versucht sie nachzumachen!", meinte Leandro, für den jedes noch so winzige Detail ersichtlich war. „Da kann man ja nicht viel falsch machen!", sagte Theo. Er, Karen, Isabelle und Franco sahen da einfach nur zwei benommene Männer, die reglos am Boden lagen. Drei Wächter, in der Mitte lief der Mörder von Franco seinem besten Freund, liefen mit lauten Schritten auf sie zu. Zehn Meter betrug ihre Entfernung noch. Leandro kniff die Augen, so fest er nur konnte, zu. Doch urplötzlich schwang sich Franco von dem Boden auf und schrie: „Kommt!". Wie bei einer Hetzjagd liefen sie vorneweg. Und dann, dann waren sie tatsächlich auf freiem Fuß. Mit Aurelian. „Draußen heißt noch nicht, dass wir in Sicherheit sind!", sagte Franco und peitschte sie an, das Tempo aufrechtzuerhalten. Sirenen schallten. „Das ist die Alarmanlage des Gefängnisses!", erklärte Franco. „Das hätte ich mir auch selbst denken können!", sagte Karen. „Stibitzen wir einen davon?", fragte Aurelian, der wusste, dass sie nicht ohne Nutzung von einem der Panzer davonkämen. „Nein, die sind zu schwerfällig. Das Starten dauert zu lange!", sagte Franco und wechselte die Laufrichtung. „Bist du irre, du läufst direkt auf den Knast zu!", meinte Karen, aber Franco ließ sich von seinem Vorhaben nicht abbringen. „Wir laufen hinter den Knast!", sagte er euphorisch. Aurelian und Isabelle schauten sich an. Sie überlegten, ob sie lieber kehrtmachen und nicht mit Franco mitten ins Verderben laufen sollten. Aber Franco war Franco. Einer der Panzer fuhr jetzt. Das Rollen der Räder

103

vermittelte ihnen das Gefühl, als ob sie vom Tod höchstpersönlich verfolgt würden. „Ich opfere mich!", sagte Aurelian, Isabelle schlug ihn. „Gas, Gas, Gas!", befahl Franco hektisch, der Panzer gab einen Schuss ab. „Wo sollte der denn hingehen?", lachte Franco. Er flog den Helikopter, als würde er das hauptberuflich machen. „Da habt ihr eine Aussicht. Aussicht auf einen Ort, in dem man keine Aussicht hat. Außer die Aussicht, zu fliehen!", meinte Franco. Unten waren zig Panzer, welche um die Wette feuerten, aber sie konnten ihnen nichts mehr anhaben. „Geschafft!", sagte Isabelle erleichtert. „Wo soll' s denn hingehen?", fragte Aurelian. „Das kommt mir doch bekannt vor!", sagte Theo. Sie alle lachten. Nur Franco nicht. „Der Fahrer, beziehungsweise in diesem Falle der Pilot darf entscheiden!", sagte Karen. Franco zögerte nicht. Er liebte das Reisen, aber trotzdem fiel seine Antwort mit *Deutschland* aus. „Deutschland?", fragte Leandro abgeturnt. „Als Zwischenstopp. Dann geht's in ein schönes und sicheres Land!", sagte Franco. Die anderen verstanden nicht, wieso sie nicht gleich nach Österreich, Italien oder in die Schweiz flögen. „Wir sind nicht vollständig!", meinte Franco, Karen und Co. ging ein Licht auf. „Der einzige Anhaltspunkt, den wir haben, ist, dass er aus der Psychiatrie geflohen ist!", sagte Leandro. „Vielleicht ist er ja wieder aufgegabelt worden!", meinte Isabelle, welche sich fragte, ob Theo wohl auch auf der Straße gelandet war und sein Selbstwertgefühl verloren hatte. „Fragen wir doch einfach Herr Friese!", meinte Franco, der eben ohne Vorankündigung einen Looping geflogen war, weshalb Theo ziemlichen Hass auf ihn verspürte. „Der buchtet uns wieder ein!", entgegnete Leandro.

104

„Nicht, wenn ich euer gesetzlicher Vertreter bin!", sagte Franco, der ihnen erklärte, was das genau hieß. „Einen gesetzlichen Vertreter kann man nur haben, wenn man sich nicht mehr um die eigenen Angelegenheiten kümmern kann!", hakte Aurelian ein. „Ihr seid formal alle in einer Psychiatrie eingewiesen, Isabelle sogar in der Geschlossenen. Da bin ich mal neugierig, wie ein Gericht dagegen argumentieren will, wenn ihr sagt, dass ich zu eurem gesetzlichen Vertreter bestimmt werden soll!", hielt Franco dagegen. „Sie haben recht. Fraglich ist, ob sie auch Recht bekommen!", meinte Aurelian, der es über alles liebte, sich als einen Jurastudenten des Erstsemesters zu geben. „Halt das mal!", sagte Franco und gab, während er den Helikopter einhändig lenkte, Theo sein Smartphone. Er hatte auch schon eine Nummer gewählt. „Moin Franco, lange nichts gehört!", sagte eine überrascht klingende Stimme. „Da hast du recht. Und wir benötigen auch Recht!", sagte Franco. „Irgendwer sollte ihm einfach mal sagen, dass er nicht lustig ist!", tuschelte Karen auf der Rückbank mit Leandro. „Bekommt ihr!", sagte der Mann am anderen Ende der Leitung und legte auf. „Sind deine Telefonate immer so?", fragte Theo, der den Schock des unerwarteten Loopings noch nicht verdaut hatte. „Nein. Denn normalerweise telefoniere ich nicht aus einem Helikopter!", sagte Franco und lachte lauthals. „Wer war das denn eigentlich?", fragte Isabelle. „Ach, kommst du doch nochmal aus dem Küssen mit diesem Casanova heraus?", fragte Aurelian, der fand, dass es aussah, als hätte seine Cousine schon einiges an Erfahrungen, was den Austausch von Körperflüssigkeiten anging, gesammelt. „Hans. Mein Opa!", meinte Franco. „Und der bringt

105

uns inwiefern weiter?", fragte Aurelian kritisch. „Was? Überhaupt nicht. Hatte nur Lust, ihn anzurufen!", sagte Franco. Teilweise war er doch ein witziger Vogel. Sie flogen eine Weile. „Wenn wir in Deutschland landen, könnte es sein, dass wir Aufmerksamkeit auf uns ziehen. Es gab da nämlich so' n Zeitungsartikel, der um die Welt gegangen ist!", sagte Aurelian. „Prahl nicht so!", antwortete Franco, der ihm das beim besten Willen nicht abkaufte. „Aurelian redet keinen Stuss!", sprang ihm Isabelle helfend zur Seite. Auch wenn Aurelian etwas geflunkert hatte, Giovanna und die Mädels hatten ja explizit nach seinem Namen suchen müssen. „Schreit Teo immer noch so rum?", wollte Franco wissen. „Jip!", antworteten Karen und Isabelle wie aus einem Gusse. „Ist er denn keiner für dich?", fragte Franco. „Für mich? Äh, nee, ist zu jung!", redete Karen sich raus. Sie fand Teo grässlich. Nicht vom Charakter, aber vom Aussehen. „Aja!", sagte Franco betrübt. „Hast du eigentlich ne Freundin?", wollte Leandro wissen. Franco hatte immer solche Machosprüche parat, dem war doch bestimmt ein weibliches Wesen ins Netz gegangen. „Nur mal für' n paar Nächte!", sagte Franco erheitert. „Beziehungen sind nichts für mich!", meinte er. Franco ging in den Sinkflug. „Auf einem Flughafen würden wir sofort gefragt werden, wenn da ein unbekanntes Flugobjekt landen würde!", meinte er und brachte die Maschine akkurat auf einem abgelegenen Feld in einem Vorort zum Stehen.

106

Kapitel 6: Hochzeit, diesmal ohne Stress

„Da baut jemand Kartoffeln an!", sagte Aurelian, welcher die Landwirtin fragte, ob er eine davon haben könnte. „Klar. Welche willst du?", fragte sie. „Die dickste Kartoffel, die du mir anbieten kannst!", sagte Aurelian voller Stolz. „Wo hast du dich so rumgetrieben? Als du abgehauen bist?", fragte Aurelian Isabelle. „Auf der Straße!", antwortete Isabelle knapp. „Hab geklaut!", sagte sie. „Nicht schlimm. Sie haben dich deiner Freiheit beraubt!", meinte Franco, der ganz andere Delikte in seinem Führungszeugnis eingetragen hatte. „Wenn man keine andere Option hat, sollte man nicht abhauen. Auch wenn einem Unrecht getan wurde!", reflektierte Isabelle, die nach ihren ersten Suizidversuchen mit Sicherheit wieder gesundgeworden wäre, wenn sie in eine Einrichtung, wo man ihr wirklich half, gekommen wäre. Doch man konnte sich sein Schicksal nun mal nicht aussuchen. „Aber ich glaub nicht, dass Teo so drauf ist!", meinte Karen. „Mein Bruder auf der Straße? Nee, der hat sich bestimmt einen Job gesucht, ein richtiger Malocher war der damals bei uns zu Hause!", sagte Franco. Isabelle, Theo und Aurelian fragten sich, ob sie von dem gleichen Teo redeten. „Also bei dieser Bäuerin ist er nicht in die Lehre gegangen!", meinte Aurelian, dessen Blick über das Gemüsefeld geschweift war. „Schäl mal die Kartoffel!", forderte Franco ihn auf. „Wie soll ich denn bitte die Kartoffel schälen?", fragte Aurelian

107

verdutzt. „Gib mal her!", sagte Franco genervt. Er pellte die Kartoffel einfach *mit seinen Händen*. „Respeito!" (Respekt), sagte Karen anerkennend. „Was wollt ihr denn demnächst arbeiten?", fragte Franco. Mit mal dachten Theo und Isabelle über ihre berufliche Zukunft nach, noch vor ein paar Monaten hatte sich diese Frage gar nicht erst ergeben. „Obst- und Gemüseverkäuferin!", sagte I-sabelle, sie betrachte die abgepellte Kartoffel. „Ich hab keine Ahnung!", sagte Theo, der wie so viele in seinem Alter nicht wusste, wohin mit ihm. „Kommt noch. Ich musste mich auch erstmal selber finden!", ermutigte Franco ihn. „Und ihr zwei?", wollte Franco von Karen und Leandro wissen, deren Antwort folgte prompt. „Schauspieler!", sagten sie synchron.Isabelle schluchzte. Sie gab keinen Ton von sich, zumindest konnten die anderen den nicht vernehmen. Schwäche zeigen? Das war nichts für sie. Das hatte sie mit ihrem Cousin gemeinsam, auch wenn es wohl, neben der bei beiden speziellen Lebensgeschichte, die einzige Gemeinsamkeit darstellte. Sie dachte nach. Würde sie wirklich mit Aurelian zusammenziehen wollen? Schon als er und sie bei ihm zu Hause waren, langweilte sie sich eher, so gar nichts unternehmen entsprach nicht ihrem Charakter. Mit ihrer Tante hatte sie viel erlebt, dann ging sie von ihr und damit auch Isabelles Leben bergab. „Wenn dann, müssen noch mehr Personen dabei sein!", dachte sie sich. In der Villa in Brasilien hatte es ihr gefallen, wohl auch, weil sie Leandro dort in seiner Badekleidung zu Gesicht bekam. „Isabelle?", fragte Franco. „Oh, sorry, war grad mit den Gedanken woanders!", sagte sie und führte die Truppe durch die Straßen, welche sich in näherer Umgebung zu der Psychiatrie befanden.

108

Ein Bauarbeiter erkannte Isabelle. „Warum glotzt der so?", wollte Leandro wissen, aber Isabelle, der es unangenehm war, fuhr Leandro an, dass er nicht so eifersüchtig sein solle. Es blieb nicht der einzige Blick, der sich auf Isabelle richtete. „Teo ist wohl woanders!", meinte Karen, ihr waren die Beine eingeschlafen. „Denke ich auch!", sagte Franco, welcher sich eine Cohiba anzündete. „Das ist ungesund!", meinte Aurelian und es entstand ein heftiger Streit zwischen den beiden, was schlimmer war, Alkohol oder Zigarre. Jetzt konzentriert euch mal wieder!", sagte Theo, welcher die Nase gestrichen voll hatte. Wie zwei Kleinkinder maulten Aurelian und Franco rum, erst Isabelle konnte ihren Cousin dazu bringen, nachzugeben. „Wir sollten es mal bei den Kammern versuchen. Wenn Teo irgendwo einen Job gefunden hat, wird das dort bekannt sein!", meinte Franco gut gelaunt, weil er sich als Sieger des eben stattgefundenen Streites definierte. „Okay, mach das!", meinte Theo. Er, Leandro, Karen und Isabelle wussten gar nicht, was so eine Kammer war und welchem Zweck sie diente. „Keine Auskunft!", sagte eine hochnäsige Frau, die sofort auflegte, als sie merkte, dass Franco diskutieren wollte. „Warum will sie dir nichts sagen?", fragte Theo erstaunt. „Datenschutz!", meinte Franco angefressen. Er rief nochmal an. „Können Sie mir wenigstens verraten, ob in letzter Zeit ein Teo eine Ausbildungsstelle, einen Nebenjob oder Sonstiges begonnen hat?"
„Nicht nur Einer!", sagte die Frau genervt und legte überdeutlich auf. „Sonst noch einer ne Idee?", fragte Franco verzweifelt. „Vielleicht war's ja wie bei mir, er hat sich schwer verletzt und ist ins

109

Krankenhaus gekommen und da haben die dann Herrn Friese informiert!", stellte Isabelle eine Mutmaßung an, welche Franco nur den Kopf schütteln ließ. „Rufen wir in der Psychiatrie an!", meinte er trotzdem und wählte die Nummer, aber Leandro konnte ihn gerade noch davon abhalten, den grünen Hörer zu betätigen. „Als wen soll ich mich denn ausgeben?", fragte Franco, der als Antwort bekam, dass er so tun solle, als sei er Teos Stiefvater. Isabelle und Theo kannten diesen nicht persönlich, aber sie kannten seine unverwechselbare, tiefe Stimme. Von der hatte Theo häufiger erzählt und sie auch nachgeahmt. Franco versuchte die Stimme zu imitieren, aber er klang wie ein piepsender Vogel. „Mach du das, Herr Schauspieler!", sagte er zu Leandro, welcher seine Sache zwar deutlich besser machte, aber immer noch zu sehr vom Original abwich. „Theo oder Isabelle!", forderte er die zwei auf, das Telefonat mit Herr Friese zu führen. Obwohl sie eigentlich prädestiniert dafür waren, hatte keiner von ihnen Lust. „Komm schon!", ermutigte Leandro seine Freundin, die sich überreden ließ. Trotz ihres Geschlechtes bekam sie es sehr gut hin, aber nach kürzester Zeit sagte Herr Friese, dass er zum Schutz seiner Patienten keine Auskunft geben würde. „Der blufft!", sagte Franco. Isabelle hielt sich den Bauch. „Hast du Schmerzen?", fragte Aurelian panisch, doch sie reagierte nicht. Er sah die anderen an, aber keiner sagte etwas, wie angewurzelt standen sie dort. „Oder bist du nur hungrig?", meinte Aurelian, doch wieder kam keine Antwort. „Ich bin schwanger!", sagte Isabelle. Sie brach in Tränen aus. „Was?", meinte Aurelian. Hasserfüllt schaute er Leandro an. „Du widerli-

110

cher Fuckboy!", ließ er ihn wissen. Röter als rot färbte sich Leandros Gesicht. „Da kann man auch schon mal heiß laufen, ne?", fuhr Aurelian ihn an. Mit mal lachte alles um ihn herum. „Ich bin nicht schwanger!", klärte Isabelle, die aus dem Gekicher gar nicht mehr herauskam, ihn auf. Verdutzt blickte Aurelian drein. „Wollte ihr mal die Kunst des Schauspielens näherbringen!", sagte Leandro amüsiert und gab Aurelian für ihre kleine Showeinlage die Hand als Entschuldigung. „Aber Hunger habe ich auch!", sagte Isabelle, deren Magen nicht als einziger knurrte. Franco, der seine brasilianischen Reale gegen Euros eingetauscht hatte, kaufte ihnen an einem Stand eine Familienpizza. Bei den deutschen Preisen erschrak er. „Ey, Ihr!", sagte plötzlich ein Polizist, der hinter ihnen stand und sie angetippt hatte. „Was gibt's?", fragte Aurelian nichtsahnend. Er aß dem Bullen sein Pizzastück direkt vor der Nase vor und riet ihm, sich unbedingt auch bei dem Stand umzugucken, falls sein Verdienst es hergebe. „Vielleicht später!", sagte der Bulle ironisch. „Du, du, du, du und du, ihr kommt jetzt erstmal mit!"

„Warum das denn?", fragte Aurelian, der sein ganzes Stück schon aufgeschlungen hatte und Franco anbettelte, er solle ihm Nachschub kaufen. „Das erfahrt ihr auf dem Verhör!", meinte der Polizist, welcher nebenbei einen recht korrekten Eindruck machte. Er und seine still gebliebene Kollegin luden Isabelle, Karen, Aurelian und Theo, in den Dienstwagen einzusteigen. „Und was mache ich jetzt?", fragte Franco, welcher erstmal noch ein halbes Hawaiipizzastück nachbeorderte. Dass die Polizisten mehr Personen als zugelassen in ihrem Auto kutschierten, schien sie

111

nicht zu stören. „Es ist nichts Schlimmes!", versuchte die Polizistin Karen, welche sich wie eine Schwerverbrecherin fühlte, zu beruhigen. Sie kamen beim Revier an. „Setzt euch!", meinte der Mann und fragte, ob sie Durst hätten. Aurelian bekam einen Flashback. „Hoffentlich nicht schon wieder Korruption!", dachte er sich. „Niemand?", fragte der Polizist. Er stellte eine Flasche Orangensaft neben sich ab und meinte, dass man sich nur zu melden brauche, er habe auch was anderes da. Seltsamerweise hatten Leandro, Karen, Isabelle und Theo teilweise mehr Angst, als es in dem schwergefährlichen Gefängnis in Brasilien der Fall gewesen war. Das Ungewisse wirkte erdrückend. „Sind eure Namen Isabelle, Aurelian, Karen, Theo und Leandro?", fragte die Politesse in höflichem Ton. Schockiert saßen sie da. „Können Sie hellsehen?", fragte Theo mit großen Augen, die Polizistin schmunzelte. „Nein, wir bei der Polizei haben andere Fähigkeiten!", meinte sie und schilderte ihnen, weshalb sie ihre Namen kannten. „Hätten wir mal Francos Handy benutzt!", fluchte Aurelian. „Wenn ich zurückmuss, begehe ich Selbstmord!", sagte Isabelle mit ernster Miene. Die Polizisten wussten, dass sie dieses Versprechen bei ihr lieber nicht auf die leichte Schulter nehmen sollten. „Ich weiß, dass es schwierig ist!", redete die Frau auf sie ein. Sie legte ihre Handfläche auf die von Isabelle. „Lassen Sie ihre Belästigungen gegenüber meiner Cousine und zwar tunlichst!", meinte Aurelian fuchsteufelswild. Die Polizistin starrte ihn mit bösem Gesichtsausdruck an, dieses Spiel spielte er mit. „Herr Friese lacht sich jetzt bestimmt eins ins Fäustchen!", dachte er sich. „Hört mal zu. Wir wissen, dass die Psychiatrie nicht so ist, wie sie sein sollte!", zeigte

112

der Polizist Verständnis für ihre Lage. „Dann lassen Sie uns hier raus!", brüllte Aurelian. „So sowieso nicht!", meinte der Cop, welcher klarmachte, dass er auch anders konnte. Franco tippte unermüdlich auf sein Smartphone, aber das konnte er sich abschminken. Isabelle würde nicht rangehen. Er schaute, wie viel Geld er noch besaß, dann stieg er in die Straßenbahn ein. Beim Gericht stieg er wieder aus. „Hallo, wie kann ich Ihnen denn weiterhelfen?", fragte untypischerweise ein Mann, welcher sich wohl für einen Job, der nicht dem Klischee entsprach, entschieden hatte. „Ich würde mich gerne als gesetzlichen Vertreter eintragen lass..!", doch noch bevor er zu Ende reden konnte, wies der Mann ihn ab. „Tja, und jetzt?" Auch wenn er es schade fand, war es ihm irgendwie gleichgültig, dass seine Kumpel gerade bei der Polizei hockten. Im Vordergrund stand für ihn, wo sein Bruder steckte. Herr Friese hatte es am Telefon zwar nicht konkret gesagt, aber zwischen den Zeilen war herauszuhören, dass Teo nicht mehr dort war. Der Polizist auf dem Revier guckte einen nach dem anderen an. Er las ihre Gesichter, ihre Emotionen und versuchte, ihre Gedanken zu deuten. Isabelle blickte auf den Boden, sie mochte das nicht. „Glotz sie nicht an!", meinte Aurelian. In ihm brodelte es. „Ihr dürft wieder gehen, aber macht sowas nicht noch mal!", sagte der Polizist, welcher zu seiner Kollegin hinüberschaute, die konform mit ihm war. „Du bleibst eine Nacht hier!", meinte er unfreundlich zu Aurelian, der den Kaffee endgültig aufhatte. „Halt die Fresse du Taugenichts!", schrie er laut. Schnell spürte er Handschellen an seinen Gelenken. Gewissermaßen gefiel es ihm auch, weil das ihm zeigte, dass sie ihn nur so in den Griff bekamen.

113

„Dann bleibe ich halt hier!", sagte er, als er wieder Ruhe gefunden hatte. „Eine Nacht geht ja schnell rum!", dachte er. Seine Cousine und die anderen gingen, irritiert vom Verlauf des Verhöres, aus der Polizeistation hinaus und nahmen Kontakt mit Franco auf. „Aurelian ist auch ein Idiot!" Schadenfroh drückte Franco den Bildschirm seines Smartphones aus und lief dahin, was er mit Isabelle ausgemacht hatte. „Es wird dunkel!", stellte Leandro plötzlich fest. Die Wetterlage hatte für sie in den letzten Wochen eine so große Rolle, wie die durchschnittlichen Geburten einer Rehmutter in einem ganzen Leben, gespielt. Aber jetzt hatten sie keinen Schlafplatz und ein starkes Gewitter kündigte sich an. Isabelle musste daran denken, wie sie sich zum Pennen einfach auf die Schnellstraße geschmissen hatte. Jetzt war sie in einer ähnlichen Situation und dennoch war ihr Mindset ganz anders. „Das mache ich nicht nochmal!", murmelte sie vor sich hin. „Was kannst du uns empfehlen?", Leandro wollte lustig sein, aber das traf nicht im Entferntesten Isabelles Sinn für Humor. „Ich check mal die Hotelpreise!", meinte Franco. Nachdem er Google geöffnet hatte, hatte er es im Prinzip auch schon wieder geschlossen. „Dann pennen wir halt ne Nacht im Helikopter!", sagte er. Die müden Gesichter der anderen hatten da zwar was gegen, aber auf Grund von mangelnden Alternativen fügten sie sich. „Kannst du nicht vorlaufen und zu uns fliegen, wir würden dann hier auf dich warten!?", versuchte Karen, die ihrer Meinung nach so erschöpft, dass sie keinen einzigen Schritt mehr gehen konnte, war, es stumpf. „Claro!", sagte Franco, es war nicht ironisch. „Wie ist der denn drauf?", fragte Karen von Franco beeindruckt. „Müssen die vielen

114

Sonnenstrahlen für verantwortlich sein!", meinte Theo, der von Leandro beraten wurde, wie er ein passendes Hobby für seine Freizeitgestaltung finden würde. Er hatte sich auf Basketball festgebissen, das versuchte Leandro ihm nun wieder auszureden. Mit seinen knappen 160 cm Körpergröße hatte Theo in dem Sport wahrhaftig nicht viel zu suchen, aber Leandro, welcher ihm von einem kleinen Spieler, welcher trotz seines naturgemäßen Nachteils sehr erfolgreich gewesen war, erzählte, hatte ihm das anscheinend zu schmackhaft geredet. Jetzt dachte Theo schon an eine große NBA-Karriere. „Alles einsteigen!", sagte Franco cool. „Wo fliegen wir hin, ich wollt jetzt nicht direkt in der Innenstadt pennen?!", meinte Karen. „Wir auch nicht!", sagte Leandro, sie lachten. „Na zurück zur Wiese, da befindet sich auch unser Frühstück!", meinte Franco. Die Begeisterung hielt sich in Grenzen. „Nicht, dass ihr zwei mir Unfug anstellt!", sagte Aurelian, der Polizist hatte ihm gerade seinen Schlafplatz, die Ausnüchterungszelle, zugewiesen. Er guckte seine Kollegin an. „Der ist speziell!", flüsterte sie ihm ins Ohr, was Aurelian damit kommentierte, ob sie ihm das Ohr ablecken wolle. Auf der Dienststelle ging ein Anruf ein. „Ist nichts Wildes, das regele ich alleine!", meinte der Polizist zuversichtlich und ließ seine Kollegin mit Aurelian, welcher jetzt vermutlich noch mehr Unfug erzählen würde, allein zurück. „Wie finden Sie ihn?" Jenes hatte die Polizistin schon befürchtet. Um sich nicht mit Aurelian unterhalten zu müssen, griff sie zum Mittel der eiskalten Ignoranz. Das zeigte Wirkung. „So mein Freundchen, wieso bringst du die Dönerbude um ihr Essen? Schon mal was von Bezahlen gehört?", fragte der Polizist. Er war

115

mit einem Jungen, der sich in der Pubertät befand, wiedergekehrt. Statt einer Antwort flossen bei dem Jungen die Tränen. „T-tut mir leid!", sagte der nun schüchtern. „Teo!", rief Aurelian laut, Teo schaute hinüber, aber er schien sich nicht besonders über Aurelians Anwesenheit zu freuen. „Kennt ihr euch?", fragte der Mann Teo und versicherte ihm, dass sie das Verhör ungestört weiterführen könnten, falls dem nicht so sein sollte. „Ja!", schrie Aurelian laut. „Sei leise!", wies ihn die Polizistin zurecht. „Ja, tun wir!", meinte Teo, der sichtlich hochverängstigt war. „Ist ja auch logisch!", sagte der Polizist, welcher nachgedacht hatte. „Wieso hat er Handschellen an?", fragte Teo leise. „Reine Vorsichtsmaßnahme, er darf morgen wieder gehen und du darfst jetzt schon wieder gehen. Außer, du willst die Nacht über hierbleiben!", sagte der Cop, er ließ Teo auf seine Uhr blicken. „Die sieht mir aber nicht nach Rolex aus!", meinte Aurelian. Er konnte von hinten gar nicht sehen, was für ein Modell der Polizist trug, aber Hauptsache er beefte sich mit ihm. „Er ist nicht mein Freund, aber ich bleibe hier!", sagte Teo, der sich langsam wiedergefunden hatte. „Dann pennen wir halt im Sitzen!", sagte Aurelian. Die Ausnüchterungszelle gab nur ein Bett her. Teo redete nicht mit Aurelian. „Was haste dir denn gegönnt? Kostenlosen XXL-Kebap auf Mehmets Nacken?", versuchte Aurelian Teos Schweigen auf die lustige Art zu brechen. „Was ist' n mit den anderen?", fragte Teo. Lang und breit holte Aurelian aus, was alles passiert war. Es war viel passiert, auch bei Teo. „Da hat Franco mich richtig eingeschätzt, bin Regale einräumen im Supermarkt gegangen, aber dort wäre ich vor

116

lauter Eintönigkeit fast gestorben, weshalb ich die Kündigung eingereicht habe!", öffnete sich Teo Aurelian jetzt. „Und dann?", fragte Aurelian neugierig. „Hab ich keinen neuen Job gefunden!", sagte Teo und hielt sich, völlig fertig, die Hände vors Gesicht. Aurelian tröstete ihn, dann schliefen sie ein. „Wo sind die Bullen?", fragte Aurelian am nächsten Morgen. „Schon wieder im Einsatz?", überlegte Teo. „Scheiß drauf!", meinte Aurelian, dem es völlig gleichgültig war. Er klingelte bei Isabelle durch. „Wir sollen zu Fuß zu denen laufen!", meinte er schlecht gelaunt, Teo schien es nichts auszumachen. Während des Weges unterhielten sie sich, mittlerweile kamen sie gut miteinander klar, auch, weil sie sich jetzt gegenseitig verstanden. „Ne Kartoffel?", fragte Theo seinen Namensvetter. „Nein danke, bin noch satt. Einen abgebissenen Döner wollten die nicht zurückhaben!", erklärte Teo. Isabelle und Teo blickten einander an. „Du Arme!", sagte er zu ihr, sie verstand auch, was er damit meinte, aber bei den Übrigen sorgten seine Worte für Verwirrung. „Sie sind wieder vereint!", meinte Leandro, der eine Stimme, wie der Erzähler einer Tragödie an den Tag legte. „Wir können wieder lachen, ohne dass wir davon ausgehen müssen, dass uns am nächsten Tag jemand einsperrt!", sagte Aurelian erheitert. Die Jugendlichen waren noch erleichterter. „Stimmt!", sagte Franco, der jetzt erst aufgestanden war und die zweistufige Treppe des Helikopters hinabstieg. Dabei amüsierten sie sich prächtig über seine wuscheligen Haare, die dem starken Wind ihren Tribut zollten. „Das gibt es nicht!" Franco verschlug es die Sprache. Teo und er rannten hastig aufeinander zu, fast prallten

117

ihre Schädel dabei aneinander. „Das tat gut!", sagte Franco, nachdem sie sich eine intensive Umarmung gegeben hatten. Sie saßen im Kreis und teilten sich zu sechst die Kartoffeln, welche Franco den Abend zuvor fleißig geerntet hatte. „Das ist wahre Freundschaft!", gab er kund. Aurelian und Co. nickten leicht. Sie aßen die Kartoffeln nur, weil es das einzige Gemüse, welches die Feldwiese zu bieten hatte, war. „Korrekte Bullen. Dass ich das noch erleben durfte!", sagte Aurelian lächelnd. Sogar die Kartoffeln schmeckten ihm. „Und wie soll es jetzt weitergehen?", fragte Isabelle, nachdem Franco ihnen unzählige Storys aus seinem Leben erzählt hatte. Besonders die grausamen Knastgeschichten fanden großen Anklang bei seiner Zuhörerschaft. Wirklich wissen tat es keiner. „Möchtest du mit nach Brasilien kommen?", fragte Franco seinen jüngeren Bruder, welcher allerdings mit *Nein* antwortete. „Ich glaube, es hat dir bei mir nicht so gefallen oder?", fragte Aurelian. „Ja, es passte nicht so zusammen!", bestätigte Isabelle seine Vermutung. Gleichzeitig ließ sie ihn aber auch wissen, dass er sich für sie nicht ändern brauche. „Wie wär' s, wenn wir ne WG gründen?", schlug Franco vor. Die Köpfe der anderen ratterten. „Also ich könnte mir das vorstellen!", sagte Isabelle, auch für die beiden T(h)eos kam das in Betracht. „Dann müssen wir beide uns nur vertragen!", meinte Aurelian, der sich selbst auf die Schippe nahm. „Schaffen wir schon!", sagte Franco und fragte Leandro und Karen, die als Einzige noch nichts zu dem von ihm unterbreiteten Vorschlag gesagt hatten. „Wir sind da leider raus. Gehen zurück zur Schauspielschule!", sagte Leandro, der Angst hatte, sie nähmen ihnen das

118

übel. „Freut mich für dich, äh euch!", meinte Franco, auch Aurelian und die zwei T(h)eos erklärten Leandro, dass sie ihm seine Entscheidung in keiner Weise übelnahmen. Isabelle starrte in der Weltgeschichte rum. „Du hast dich nicht versprochen. Ich habe mich umentschieden, Leandro. Schauspielen ist zwar cool, aber für eine Karriere reicht es bei mir sowieso nicht und ein stabiler Freundeskreis ist mir wichtiger!", sagte Karen, deren Meinung von Leandro ohne jeglichen Widerspruch hingenommen wurde, entschieden. Den Rücken zu den anderen gewandt, saß Isabelle im Kreis. Ihr war alles egal. „Dann brauch ich wohl ne neue Frau!", sagte Leandro, plötzlich horchte Isabelle wieder auf. „Was? Sind ihre Brüste dir etwa nicht groß genug?", meckerte Aurelian, doch weil ihn alle auslachten, wusste er, dass es wohl einen anderen Grund geben musste. „Nicht in dem Sinne. Eine andere Frau, die mich auf der Schauspielschule begleitet. Wie wär's mit dir, Isabelle?", sagte er klar und deutlich. Isabelle wusste nicht, was sie darauf antworten sollte. „Ich auf der Schauspielschule?", fragte sie, die sich fast überall eher als dort sah, äußerst kritisch. „Beim Aufnahmecasting kann jeder mitmachen. Mit mir als Coach wirst du das safe bestehen. Außerdem hast du viel erlebt, wer es schafft aus einem brasilianischen Hochsicherheitsgefängnis auszubrechen, für den ist das ja wohl ein Klacks!", sagte er mit einem Augenzwinkern zu Isabelle, der er ein Lächeln entlockte. Isabelle schaute ihren Cousin an. „Kannst dich auch versuchen!", meinte Leandro, aber Aurelian lachte sich über diesen, eigentlich ernstgemeinten Vorschlag, nur kaputt. „Alles klar!", sagte Isabelle überzeugt. Sie umarmte Karen, Theo, Teo und Franco. Ihr Cousin und Leandros

119

Bruder würden bald unter einem Dach wohnen. „Wir begleiten euch zum Casting!", er und Isabelle mussten sich schwer zusammenreißen, nicht laut los zu lachen. „Ist ja nicht das letzte Casting, welches du ansehen wirst!", rutschte es ihr heraus. Die zwei T(h)eos, Aurelian und Franco, das wäre schon irgendwie eine merkwürdige Wohngemeinschaft, aber merkwürdig müsste ja nicht automatisch gleichbedeutend mit *schlecht* sein. „Und wie finanzieren wir die Wohnung?", fragte Theo. „Wenn wir drei Jobs gefunden haben, ist das kein Problem!", erklärte Franco. „Drei?", fragte Theo, welcher vier Personen, die in die WG einziehen wollten, zählte. „Du glaubst doch nicht, dass ich arbeiten gehe!", meinte Aurelian. „Wohl eher nicht!", meinte Theo und gackerte wie ein Huhn. „Wann ist denn das Casting für Neubewerber?", fragte Isabelle. Leandro erklärte, dass es in einer Woche stattfinden würde. „Wir fliegen dich mit dem Heli hin, da hast du schon die Zusage, bevor es gestartet ist!", sagte Franco. Er war froh darüber, dass es bei seinem jüngeren Bruder, der er schon so lange nicht mehr gesehen hatte, so erfolgreich lief. „Dann mampfen wir jetzt die nächsten sieben Tage ausschließlich Kartoffeln?", fragte Aurelian mit ernüchternder Miene. „Ganz so eintönig wird's dann hoffentlich doch nicht!", entgegnete Leandro, welcher auf die Knie ging und um Isabelles Hand anhielt. „Sie ist überrumpelt!", brachte Franco zum Ausdruck, was die völlig überwältigte Isabelle nicht in Worte gefasst bekam. „Wieso?", fragte sie zu Freudentränen gerührt. Franco wollte erst einen Spruch ablassen, aber der wäre unangebracht gewesen. „Wir sind beide achtzehn!", meinte

120

Leandro, der diesen Tag schon lange herbeigesehnt hatte und bestückte den Finger seiner Freundin mit einem Ring. „Für echtes Gold hat's wohl nicht gereicht!", machte sich Aurelian lustig, aber das war Isabelle sowas von scheißegal. „Und wann heiraten die beiden Turteltäubchen?", fragte Franco, der mächtig stolz auf seinen Bruder war. „Jetzt gleich!", sagte Leandro, der zu seinem Bruder schaute. Franco ging um den Helikopter herum. „Darf ich vorstellen? Der Standesbeamte!", sagte er, der mit einem vollbärtigen Mann, welcher sommerliche Kleidung trug, wiederaufgetaucht war. Isabelle und Co. hatten ihn heute Morgen beim Kartoffelernten erspäht und sich schon gefragt, was dieser hier zu suchen hatte. „Alles gut altes Haus?", fragte er, der sich als Ángel vorstellte und Franco feste die Hand gab. „Euch soll ich vermählen?", fragte Ángel. „Ein wahres Traumpaar!", sagte er und begann die Zeremonie. „Keine Sorge, für Essen ist gesorgt!", sagte Ángel zu dem trübselig auf das Kartoffelfeld blickende Aurelian. Zwei kleine Hubschrauber düsten über ihren Köpfen, der eine hätte den Bräutigam fast enthauptet, das war natürlich abgesprochen. „Churrasco?"

„Extra für dich!", meinte Franco, Aurelian war sprachlos. Neben dem Fleisch gab es noch Anti Pasta, verschiedene Baguettesorten, sowie Isabelles Leibspeise, welche Leandro zuvor bei Aurelian in Erfahrung gebracht hatte. Eine kross gebratene Entenbrust mit würzig-süßer Soße und asiatischem Reis. „Mhh. Da hast du dich nicht lumpen lassen!", lobte Isabelle ihren Ehemann in den höchsten Tönen. „Was hast du so für coole Storys

121

auf Lager?", fragte Franco, denn er wollte Teo näher kennenlernen. „Vor allem Schrei-Storys!", meinte Teo ironisch. Anstatt das Franco erfuhr, was er schon alles Tolles in seinem jungen Leben erlebt hatte, verstörte Teo ihn mit der einen Geschichte mehr als mit der nächsten. „Ist dir das alles wirklich so passiert?", fragte Franco in Mitleid. „Nicht ganz so!", sagte Teo, der schon damals auf den Kindergeburtstagen, zu denen er deshalb später kaum noch eingeladen wurde, den anderen Kindern Angst und Schrecken einjagte. Ángel setzte sich dazu. „Das Essen duftet richtig lecker!", meinte Karen. Sie und Theo hatten mächtig reingehauen, aber obwohl sie eigentlich längst satt waren, war ihnen der Appetit nicht vergangen. Jetzt leistete ihnen Gregor, ein Mann fortgeschrittenen Alters, Gesellschaft. „Moin, ich bin der Hauptverantwortliche für diesen kulinarischen Genuss!", sagte er, nachdem sein schiefes Rückenmark sich wieder in gerader Position befand. „Könnt ihr reden?", fragte er. „Ich habe keinen Job!", sagte Karen. Zu oft schon hatten Menschen ein Gespräch so mit ihr angefangen. „Dann wird's allerhöchste Eisenbahn!", meinte Gregor, welcher einen Stapel an Papierblättern, den er unter der rechten Schulter eingeklemmt hatte, umdrehte und Karen und Theo vorlag. „Was soll ich damit?", fragte Theo, welcher da nichts als einen unbedeutenden Papierhaufen vor sich sah. „Lies mal die Überschrift!", sagte Karen, sie hatte schon ihre Unterschrift getätigt. „Da darf ich aber nichts anbrennen lassen!", sagte Theo, der zusammen mit Karen drauf loslachte. „Ist nen Insider zwischen uns beiden!", sagte er zu Teo, der ihn ratlos angeblickt hatte. „Was ist mit mir?", fragte Teo schüchtern. „Persönlicher Assistent des Küchenchefs!", meinte Gregor euphorisch und zückte einen weiteren Vertrag, welchen er bis hierhin zurückgehalten hatte. „Das geht nicht ohne die Zustimmung meiner Eltern!", meinte Teo traurig, Gregor blickte zu Ángel rüber, doch der konnte da auch nichts machen. Gregor verstaute den Vertrag wieder und versprach Teo, dass er sich nochmal mit diesem an einen Tisch setzen würde, sobald er die Volljährigkeit erreicht habe. Franco drehte einen fetten Ghettoblaster, den er zusammen mit dem Essen herbeordert hatte, auf volle Lautstärke. Rock ´n´ Roll lief. „Besser als jede Hochzeit!", jubelte Aurelian, der sich mit Leandro ein Battle im Breakdance lieferte. Er stand ihm in nichts nach, Body Freeze, Knee Jump und Back Swing waren kein Problem für Aurelian. „Hätte ich nicht gedacht, dass eine mit Alkohol überfüllte Leber das so gut mitmacht!", gab Leandro Aurelian eins für die ganzen blöden Sprüche, welche er sich von diesem anhören musste, zurück. Für Isabelle war das Tanzen nichts, sie unterhielt sich mit Karen und den beiden T(h)eos. „Bald sehen wir uns nicht mehr täglich!", sagte sie, die erst jetzt erkannte, woran sie mit ihren Zimmergenossen auf der Psychiatrie gewesen war. „Schöne Hochzeitsnacht!", platzte Ángel dazwischen. „Der hat wohl zu viel Zeit mit Franco verbracht!", dachte Isabelle sich. Als das Fest der besonderen Art mitten in der Nacht sein Ende fand, knutschten Leandro und sie wild herum. „Ihr habt den Helikopter heute Nacht für euch allein!", sagte Aurelian, der zusammen mit Franco, Karen und den Restlichen auf einer weit ausgebreiteten Decke mitten im Kartoffelfeld lag. Ihre Schlafunterlage bot etwas zu wenig Platz

123

für so viele Personen, weshalb Franco mit seinem linken Bein halb in der Erde lag. „Kann ich mich schon mal an meinen neuen Arbeitsplatz gewöhnen!“, scherzte er, der mit seiner Aussage die Unwissenden wachrüttelte. „Neuer Arbeitsplatz?“, Karen gähnte. Sie schnarchte und fiel in den Tiefschlaf, noch bevor sie Francos Antwort vernehmen konnte. Das ganze Feiern war anstrengend gewesen, weshalb auch Theo fast schon weggepennt war, aber er konnte Franco noch zuhören. „Fängst du hier an?“, fragte Theo. „Ja, hab hier heute Probe gearbeitet!“, sagte Franco, der nicht daran dachte, dass ja schon ein neuer Tag begonnen hatte. „Heute? Nimm mich nicht auf den Arm!“ Theo hatte jetzt keine Lust auf dumme Scherze. „Doch, halt die ganzen Morgenstunden durch. Deswegen gab es so üppig viele Kartoffeln. Die Landwirtin und ich waren richtig im Flow!“, sagte er, der trotz dessen noch recht viel Energie in petto hatte. „Was verdienst de hier?“, fragte Theo. Ihn interessierte, ob er in seinem Küchenjob gut mit Francos Gehalt auf dem Kartoffelfeld mithalten konnte. Die Antwort stimmte ihn zufrieden. „Nacht!“, sagte Franco, der keine Lust mehr zu quatschen hatte. „Ich bringe sie nachher wieder!“, meinte Gregor. Mit einem der Helikopter flog er mit Theo und Karen davon, denn die zwei hatten schon heute, direkt nach der langen Hochzeit, ihren ersten Arbeitstag.

124

Kapitel 7: Leandro von der Rolle

„Ohne Mehl geht's nicht!", meinte Gregor, dem sich gezeigt hatte, dass Karen schon das nötige Grundwissen besaß, aber Theo doch eher in die Abteilung *Ohne Beaufsichtigung geht da im nächsten halben Jahr nichts* einzuordnen war. Abends flog er das Mädchen und den Jungen wieder zurück, nur um das Prozedere die nächsten Tage zu wiederholen. „Wie war's?", wollten alle von Karen, die begeistert von ihrem ersten Job, in dem sie voll aufblühte, erzählte und von Theo, welcher sich mit einer aussagekräftigen Bewertung noch zurückhielt, wissen. „Und bei dir, Franco?", meinte Aurelian, der sich insgeheim darüber schrottlachte, dass Franco freiwillig acht Stunden am Tag schuften ging. „Top!", sagte Franco kurz und knapp. Ihm ging durch den Kopf, dass es doch eigentlich unfair war, dass er, Theo und Karen die Wohnung finanzieren und Aurelian einfach auf der faulen Haut liegen würde. „Er ist so, wie er ist!", dachte Franco. Er kam sich völlig behämmert vor. „Lächeln!", „Weinen!", „Tot stellen!", sagte Leandro. Er bereitete Isabelle auf das Casting am nächsten Tag vor. „Spiel doch mal zusammen mit Leandro eine Szene!", sagte die Agentin in einem Ton, der klang, als müsse sie es hier gar nicht erst versuchen zu Isabelle, die von Leandro dumm angebaggert wurde. „Haste kein Weib zu Hause?", fuhr Isabelle ihn an und gab Leandro eine Backpfeife. Es schepperte, obwohl sie ihn gar nicht wirklich getroffen hatte, Leandro fiel zu Boden. Er hievte sich wieder auf, schmiss Isabelle ein paar unmoralische Fetzen an den Kopf,

125

die ging nonverbal auf ihn zu und vertrieb Leandro nur durch ihre Körpersprache. Isabelle guckte entschlossen. Sie rief ein Taxi an, welches sie nach Hause bringen sollte. Sie feilschte mit dem Taxifahrer um den Preis. „Da muss mehr gehen!", sagte der Taxifahrer, welcher von einem Darsteller aus einer Gruppe von professionellen Schauspielern, die allen Bewerbern bei ihrer Darbietung zur Verfügung standen, gespielt wurde. „Mehr?", fragte Isabelle, etwas Verruchtes lag in ihrer Stimme. Sie öffnete die oberen Knöpfe ihres Dekolletés. „Ende!", sagte sie und erhielt großen Applaus. „Du bist angenommen!", meinte die Agentin zu ihr. Über einhundert Kinder, Jugendliche und teils auch schon Erwachsene nahmen an dem Casting teil. Normalerweise kam man bei einer guten Vorstellung zunächst in die zweite Runde, aber Isabelle hatte die Aufnahme an der Schauspielschule sicher. „Ja, Jaaa!", schrie sie laut und fiel ihrem Freund in die Arme. „Weiß ich da was nicht?", fragte die Agentin Leandro, den sie schon sieben Jahre kannte, belustigt. „Wir sind verheiratet!", übertrumpfte Leandro die Erwartung der Agentin, welche zwiespältig war, ob sie jetzt Opfer eines spontanen Schauspieles wurde, noch. Aurelian, Franco, Theo, Karen und Teo Nummer zwei, die alles mitverfolgt hatten, gratulierten Isabelle. Zu ihren Gefühlen mischte sich Wehmut. „Mach was draus!", sagte Aurelian, der seine Cousine herzlich umarmte. Auch die anderen verabschiedeten sich, Franco und Leandro schien es nicht besonders mitzunehmen, dass sich ihre Wege nun trennen würden. „Südländer sind doch eigentlich voll familienverbunden!", dachte Aurelian. Karen war eifersüchtig. Nicht auf Isabelle, die jetzt gute Chancen auf eine

126

erfolgreiche Karriere besaß, sondern auf Isabelle, die mit Leandro verheiratet war.

Die Wohnungsbesichtigung stand an, Aurelian und Franco hatten mehrere Objekte, die potentiell in Frage kamen und im preislichen Rahmen lagen, auserkoren. „Hier wäre dann das Badezimmer!", sagte die Maklerin. „Danke, aber die Wohnung nehmen wir nicht!", sagte Aurelian. „Sie hat uns doch erst zwei Zimmer gezeigt?", meinte Franco verwundert. „Ja, aber was für welche?", meinte Aurelian in scharfem Ton, die Maklerin sah die anderen, welche bemitleidend zurückblickten, an. „Das Wohnzimmer darf nicht so klein wie ne Besenkammer sein!", schimpfte Aurelian, der damit maßlos übertrieb. „Wir stocken ihre Provision dafür auf!", sagte Franco. „Berechtigt wäre es!", dachte die Maklerin sich. In letzter Zeit lief ihr Geschäft nicht gut, aber trotzdem schlug sie das Angebot aus. „Wir haben ja noch zwei weitere Immobilien zur Besichtigung offen!", erklärte sie Aurelian, der ihr weismachte, dass sie sie gar nicht erst angucken brauchten, insofern es sich dort mit den Quadratmetern genauso, wie bei dieser Wohnung, verhielte. „Top, nehmen wir!", meinte Franco, nachdem er Rücksprache gehalten hatte, zu der nächsten Option, welche ihnen die Maklerin anbot. „Nein. Schnauze Franco!", Aurelian ging an die Decke. „Du bist nerviger als meine Anfälle!", meinte Teo, dem es reichte. „Aber hast du das Badezimmer gesehen?", fragte Aurelian, der seine Arme verschränkt hatte. „Für sechshundert warm musst du Abstriche machen!", sagte Franco zu ihm, aber Aurelian wollte nicht wirklich hören. Stattdessen fragte er Franco, was denn *warm* sei. Damit musste er sich nie herumplagen, der Staat stellte

127

seine Wohnung, aber jetzt lernte er dazu. „Okay, dann nehmen wir sie halt!", sagte er widerwillig und drückte der Frau einen Fuffi in die Hand. „Da fehlt noch was!", meinte sie gekränkt. „Sorry, der ist durch!", meinte Franco. Er zahlte ihr den restlichen Betrag und schaute Aurelian messerscharf an. „Die Schlüssel!", sagte die Maklerin, Aurelian streckte ihr die Hand entgegen, sie zog wieder zurück und gab stattdessen Franco die Schlüssel. „Tschüss!", meinte er noch, aber sie suchte so schnell wie möglich das Weite. Leute wie Aurelian gehörten wohl nicht zu den Kunden, welche sonst von ihr bedient wurden. „Dann war's das jetzt mit der Geschichte?", fragte Theo. Alle waren mehr oder weniger glücklich geworden, die Geschichte könnte an dieser Stelle ihr Ende finden, aber der Autor wollte Ihnen für 9, 99 € etwas mehr bieten. „Was ist mit den anderen in der Klapse?", warf Karen ein. „Die haben halt Pech gehabt!", meinte Aurelian in seiner typischen Manier. „Egoist!", sagte Franco und konfrontierte ihn damit, wie er es denn finden würde, wenn die Rollen vertauscht wären. „Sind sie aber nicht, also muss ich mir da auch keine Gedanken drüber machen!", meinte Aurelian gleichgültig. Er schmiss die Flimmerkiste an. „Hätte ich meine DVD-Sammlung mal mitgenommen!", fluchte Aurelian, der sich auf den Weg machte, um dies nachzuholen. „Der ist verrückt!", sagte Teo, welcher mit seiner Meinung Anklang fand. „Wie können wir sie unterstützen?", fragte Franco. „Die müssen da auch raus! Und wenn sie in andere Psychiatrien verlegt werden! Vielleicht können uns die beiden netten Polizisten ja behilflich sein!", meinte Teo, doch Franco holte ihn aus seiner Utopie wieder raus. „Wir können da nichts machen, ihr braucht

128

euch auch nichts vorzuwerfen!", meinte Franco zu den anderen, die es schade fanden. „Ich hab jetzt nen Job, im Sanatorium ist der Ablauf so vorhersehbar wie dass es regnen wird, wenn sich eine dunkle Wolke am Himmel bildet!", sagte Theo. „Es kann nicht allen Leuten gut gehen!", meinte Franco, er unterbrach sein Reden. „Wir können woanders helfen. Dort, wo der Baum wirklich brennt!", sagte er, der schon ahnte, dass seine darauffolgenden Worte wenig Gehör finden würden. „Ich möchte nicht bei Aurelian helfen!", sagte Karen, was die ganze Gruppe zum Lachen brachte. Francos Stimme wurde mindestens eine Tonlage tiefer. „Die Kids in Brasilien, die in ihrer eigenen Scheiße ersticken und wie Skelette, die bloß noch ihre letzte Hülle tragen, aussehen!", sagte Franco. Man merkte, dass es eine Herzensangelegenheit für ihn war. Aber für Karen und Co. kam es nicht in Frage. „Dann fliege ich alleine!", der Schlüssel für den Helikopter kreiste in Francos Hand. Zielstrebig ging er. Verständnis brachte er für die anderen auf, aber dennoch fand er es schade. Mit mal sprang ihm sein Bruder den Rücken hoch. „Dann komm ich auch mit!", sagte Karen, welche sich dachte, dass sie im Ernstfall lieber auch sterben, anstatt nachher mit Aurelian, welcher mit absoluter Sicherheit kneifen würde, den Tod ihrer Freunde zu bedauern und den Schmerz darüber nach einer Zeit gegen den Schmerz nur noch, und nicht immerhin noch, Aurelian zu haben, einzutauschen. „Gruppenzwang!", meinte Teo, der die Wohnungstür verschloss. „Ey, ich muss da rein!", schrie Aurelian, der seine DVDs schon nach der Reihenfolge, in welcher er sie heute Nacht schauen wollte, sortiert hatte. „Was ist denn eure Mission?", fragte er verdutzt. „Wir fliegen nach Brasilien, zu der Psychiatrie, in welche Giovannas Cousin uns gesteckt hat!", sagte Karen selbstbestimmt. „Pff!", sagte Aurelian und nahm Theo den Schlüssel aus der Hand. „Schade!", meinte Franco. Aurelian hielt inne. „Gibt's dann Churrasco, wenn wir wieder hier sind?", fragte er. Ihm lief schon bei dem Gedanken die Spucke im Mund zusammen. „Kommst du?", meinte Teo, der verstanden hatte wie es lief. „Kommen tut der in seinem Leben nur virtuell!", sagte Franco. Aurelian lief auf ihn zu, am liebsten wollte er ihn mit einer Mistgabel abstechen. „Schön, dass Sie an Bord sind!", sagte Franco, der das Fluggerät in Schwung brachte, ehe dass Aurelian wieder aussteigen konnte. „Na dann!", sagte Aurelian. Er bedauerte, noch nicht auf die Idee, einen DVD-Player für die Innenausstattung des Helikopters zu besorgen, gekommen zu sein. „Willst du mal ans Cockpit?", fragte Franco ihn, aber Aurelian lehnte dankend ab und meinte, er würde schon mal verschiedene Strategiemethoden durchgehen und die Erfolgreichste herausfiltern. Sie flogen jetzt freiwillig dorthin, wo sie in ihrer Freiheit am Eingeschränktesten gewesen waren. „Meint ihr, wir sehen Isabelle und Leandro mal in der Hauptrolle von einem großen Musical?", fragte Aurelian, der es bereute, nicht auch am Casting teilgenommen zu haben. Denn dann hätte er jetzt nicht mitmüssen und stände trotzdem nicht als Feigling dar. „Ja!", sagte Franco. Franco dachte immer positiv, das brachte ihm viel. „Meinst du?", fragte Aurelian, Franco wiederholte seine Antwort. „Naja, außer wir gehen drauf!", ärgerte er Aurelian, der sich aber ausnahmsweise mal nicht direkt aus der Fassung bringen ließ.

130

„Wieso denkst du denn, dass wir dort helfen können, wenn du der Meinung bist, dass es hier nicht möglich ist?", fragte Karen. „Weil in Brasilien Gesetze nicht so viel regeln wie in Deutschland!", meinte Franco. „Ich gebe den Wärtern einfach Geld und dann wird das schon laufen!" Jenes hörte sich in Karens Ohren zu leichtgläubig an, aber Franco wusste ja, was er tat. Oder? „Dafür begleiten wir dich? Ich dachte, wenn dann müssten wir schon einen richtigen Kampf abliefern!", sagte Aurelian. „Ein Kampf findet nicht immer mit den Fäusten statt!", meinte Franco philosophisch. Er flog jetzt schneller. „Wo sind wir schon?", fragte Theo. „Wir fliegen jetzt über Rio de Janeiro!", sagte Franco, der ihnen empfahl, aus den Fenstern zu schauen. „Ist das schon Brasilien?", fragte Aurelian. Teo hielt sich die Hände vor den Mund. „Was ist denn jetzt los?" Panisch drückte Franco die Knöpfe in seinem Cockpit, der Helikopter verlor mehr und mehr an Höhe und geriet in eine Schieflage. „Hilfeeeeeeee!", schrie Teo, Karen nahm ihn in die Arme. Rapide ging es weiter bergab mit der Flugmaschine, hektisch stürmte Aurelian nach vorne, um alle Knöpfe, die Franco noch nicht mit Sicherheit gedrückt hatte, zu betätigen. „Scheiße!", fluchte Aurelian, er hatte die Hoffnung aufgegeben. Der Heli geriet noch weiter in Schieflage, die Tür machte Anstalten, sich zu öffnen. „Himmel hilf!", meinte Karen, die bereits überlegte, ob sie es wohl ins Paradies schaffen würde. Aurelian kippte zur Seite, sein Fuß erwischte zufällig einen Knopf, den sie zuvor gar nicht wahrgenommen hatten, weil dieser auf dem Boden angebracht war. Der Helikopter flog nun wieder in gewohnter Position und

131

wurde von einem Autopiloten zur Landung auf dem nächstgelegenen Festland gesteuert. „Das war knapp!", sagte Aurelian. „Aber zum Glück bist du ja gewesen!", meinte Franco. Ihm ging es mächtig auf die Eier, wie heldenhaft Aurelian sich fühlte. „So blöd muss man erstmal sein, nen Notfallknopf am Boden anbringen!", meinte Karen, die froh war, dass sie die Gelegenheit bekam, weiteres Karma zu sammeln. „Aber i..!", wollte Aurelian sagen, doch Franco grätsche dazwischen. „Immerhin bist du mitgekommen, das muss man dir lassen!", sagte Franco, der rückblickend fast lieber gestorben wäre, anstatt von Aurelian gerettet zu werden. „Jetzt heißt es zu Fuß gehen?", fragte Aurelian, der das Geprahle beiseiteließ. Eigentlich wollte er bloß schnell fertig werden, mit dem was sie vorhatten. Er hatte nur halbherzig zugehört, weshalb er gar nicht so genau wusste, was der Plan war. „Wir schwimmen auf denen!", sagte Franco. Auf dem Meer sah man die Umrisse eines Orca. „Du kannst mich mal!", meinte Aurelian, der wütend auf Franco war. „Weißt ganz genau, dass ich kein Freund von Tieren bin!", sagte er und betrachte den Helikopter, welcher nicht mehr einwandfrei als ein solcher zu identifizieren war. „Wir schwimmen nicht auf denen. Die kommen doch gar nicht ans Ufer und wir nicht aufs offene Meer!", meinte Franco, der Aurelian mal wieder geistig überlegen war. „Ich ruf uns ein Taxi!" Zu Fuß gehen hätte er eigentlich bevorzugt, um Geld zu sparen, aber er wollte eine Art Friedensangebot an Aurelian machen. „Wir gehen zu Fuß!", sagte Aurelian. Dieser Mann traf es mit seinem Trotz wirklich auf die Spitze. „Du gehst zu Fuß!", bot Karen ihm Paroli. „Ich muss sparen!", sagte Franco, der jetzt doch tatsächlich

132

kein Taxi rief, was Karen, Theo und Teo dazu veranlasste, selber ein paar Groschen für den Fahrservice zusammenzulegen. „Sollte reichen!", meinte Karen. Aurelian und Franco guckten sich an, wer sollte es ihnen klarmachen? „Das ist die falsche Währung!", sagte Franco, der ihnen die Augen öffnete. „Ach Mist!", meckerte Karen enttäuscht. „Wie viele Kilometer haben wir denn noch vor uns?", fragte Theo. „Du musst präziser fragen!", sagte Franco, was Theo sauer aufstieß, er hatte doch nichts falsch gemacht. „Mit jedem getanen Schritt musst du nur noch einen Schritt weniger tun!", spielte Franco den Kasper, Aurelian konnte nicht mehr vor Lachen. „Selbst die Unterschiedlichsten sind sich in irgendwas ähnlich!", sagte er zu Franco, welcher keine Antwort gab. „Franco?", fragte Aurelian. „Alles gut?", versuchte jetzt Karen mit ihm zu sprechen. Sie zog an Francos T-Shirt. „Mach das nicht kaputt!", machte Franco sie an. „Du redest ja nicht!", meckerte sie zurück. „Was?" Franco hatte gar nicht wahrgenommen, dass sie versucht hatten, mit ihm zu kommunizieren. „Bist du vielleicht vom Flug benommen?", fragte Theo. Schon wieder gab es keine Antwort von Franco. „Vielleicht will er jetzt auch in die Schauspielkunst gehen!", meinte Aurelian, der mit Karen darüber schnackte, ob es moralisch vertretbar wäre, Franco mit einem kleinen Stein am Nacken abzuwerfen, damit dieser endlich aus seiner Träumerei rauskam. „Au!", sagte Franco sarkastisch. „In Anisio Jobim gab's richtige Waffen!"

„Der Sinn war nicht dir weh zu tun, du sollst die Ohren aufmachen!", sagte Karen ihm klipp und klar. „Entschuldigung!", antwortete Franco. „Mir geht's gut, bin nur im Tunnel!", meinte er

133

und erklärte ihnen, dass seine Gedanken die ganze Zeit bei den brasilianischen Kids im Sanatorium umherschwirrten. „Es kommt mir vor, als würde dich das viel mehr mitnehmen, als die Situation der Leute im Gefängnis!", sagte Karen. Sie wunderte das. Schließlich hatte Franco das Gefängnis selbst miterlebt und um bei seinen Berichten davon keine Tränen zu vergießen, benötigte man ein dickes Fell. „Wundere mich selbst ein bisschen!", sagte Franco, der Karens Worte für sich Revue passieren lassen hatte. „Bin mal gespannt, ob ihr da genau sowas durchmachen musstet wie ich!", sagte Aurelian mit einer Stimme, die schon verriet, was er darüber dachte. Karen, die T(h)eos und Isabelle zogen alle ihre Augenbrauen hoch, sie hatten sich natürlich nicht abgesprochen. „Wenn du da drin gewesen wärst, wärst du lieber in dem Knast gewesen!", meinte Franco. „Woher weißt du das?", fragte Aurelian. „Weil ich den Vergleich habe!", sagte Franco. „Du warst mal in der Psychiatrie?", fragte Karen unglaubwürdig. Franco kam wie ein personifizierter Sonnenschein rüber, den Knastaufenthalt sah man ihm trotzdem an, insofern man sich etwas auskannte. Aber Psychiatrie? „Ja!", sagte Franco. Er sparte sich weitere Ausführungen. Wäre Franco nicht Franco, dann wäre jetzt eine Träne seine Wange hinabgelaufen. „Da vorne ist die Psychiatrie!", sagte Theo. Der Anblick schockierte ihn. Von außen sah das Sanatorium picobello aus, aber er wusste, was im Inneren vorging. Karen musste schlucken. „Kann ich vielleicht hier auf euch warten?", fragte sie mit zittriger Stimme, aber Aurelian meinte, dass Kneifen keine Option sei. „Willst du vorgehen?", fragte Franco. Aurelian rutschte das Herz in die Hose. „Nee, nee!", auf einmal war es nicht

134

mehr so gut um seine Furchtlosigkeit bestellt. „Sollst du auch nicht. Wir wollen ja ernst genommen werden!", sagte Franco. Karen, die neben ihm herging, war der Auffassung, dass Francos Gesicht bleich geworden war. „Der muss da irgendwas ganz Schlimmes erlebt haben!", dachte sie und wurde traurig. „Die wissen doch, wer wir sind!", sprach Teo aus, was sie sich alle schon die ganze Zeit gedacht, aber nicht Franco getraut zu fragen, hatten. „Das wird schon!", zeigte sich Franco mit einer Zuversicht, welche die Übrigen beim besten Willen nicht mit ihm teilen konnten. Vermutlich würden sie gleich wieder eingebuchtet werden. Mit jedem Schritt auf die Psychiatrie zu wurden Francos Beine schwerer. „Dann wollen wir mal!", sagte er, das klang bei ihm, als würde er ein Insasse des Todestraktes sein und jetzt seine Exekution anstehen. „Kann man dir helfen?", fragte Karen, die sich allerdings selbst fragte, wie sie jemandem helfen sollte, dessen Problem sie überhaupt nicht kannte. „Nein!", meinte Franco mit einiger Verzögerung. Er öffnete die Eingangstür. Rein kam jeder, der es wollte. „Sieht doch ganz nett aus!", meinte Aurelian. „Aussehen ist nicht alles!", hielt Franco dagegen. Er guckte sich um. Dann rief er irgendwas auf Portugiesisch. Ein Aufpasser kam zu ihm hingelaufen. „Oi!" (hallo), begrüßten sie sich. Offenbar wusste der Aufpasser schon, was Franco von ihm wollte, denn er hielt seine Hände offen. Franco legte Geld in die Hände des Aufpassers, welcher seine Waffe zückte und kurzen Prozess machte. „Você quer morrer também?" (Wollt ihr auch sterben), fragte er. Drei Menschen mit Gesichtsausdrücken, die um die Wette heulten, rannten davon. Theo, Karen und Teo hatten abgeschlossen. Zu viel war

135

zu viel. „Sollen wir wieder reinlaufen und uns abknallen lassen?", fragte Theo. Er meinte das todernst. Karen weinte. Teo weinte auch. Es fehlte nicht viel und sie hätten sich wirklich für den Tod entschlossen, aber eine Verantwortung, welche Karen in sich spürte, ließ sie wieder einigermaßen klar denken. „Es wird alles gut!", sagte sie zu den zwei anderen. „Dummer Satz!", dachte sie sich. Über ihr Smartphone rief sie Isabelle an. „Ja, Isabelle hier. Du, ich hab grad nen Auftritt gehabt und so viel Appl..!", freute sich diese, aber Karen machte ihre ganze Freude zunichte. Isabelle legte auf, ohne dass sie noch ein Wort sprach. Sie suchte Leandro. „Wo ist denn Leandro?", fragte sie David, einen Jungen, der auch an der Schauspielschule teilnahm, hektisch. „Im Auftritt, darfst ihn jetzt nicht stören!", David schmunzelte, die Beziehung von I-sabelle und Leandro hatte sich rumgesprochen. Isabelle schrie sein Trommelfell zusammen. Sie lief auf die Bühne und zerrte Lean-dro, der sich strikt dagegen wehrte, von dieser. „Was soll das?", fragte er erbost über Isabelle, die ja wohl nicht ernsthaft dachte, die Zuschauer würden glauben, das wäre Inhalt seiner Darbietung. Isabelle schaute Leandro in die Augen. Sie küsste ihn. „Franco ist tot!", sagte sie. Leandro sackte zusammen. Franco war nach Isa-belle der wichtigste Mensch in seinem Leben und obwohl sie sich nur selten sahen, dachte Leandro permanent daran, wie es seinem Bruder wohl gerade gehe und was der mache. Leandro blickte fas-sungslos. „Du darfst nicht aufgeben!", sagte Isabelle, die ebenfalls einen Menschen, der ihr viel bedeutete, verloren hatte. „Wir dür-fen nicht aufgeben!", sagte Leandro ehrgeizig, er stürmte wieder auf die Bühne und improvisierte sein Stück zu Ende. Tosender

136

Beifall, sowas konnte nur Leandro. „Ich spiel beim nächsten Musical die Hauptrolle!", sagte Leandro, der Isabelle vorher nicht in Kenntnis gesetzt hatte, worum es bei ihm heute gegangen war. „Wahnsinn!", staunte Isabelle. Ihr tränenreiches Gesicht wurde zu einem Gesicht, welches vor Freude nur so strahlte. Selbstverständlich dachte sie in erster Linie noch an Franco, aber Leandro hatte gerade eine Rolle ergattert, die sie beide finanziell freimachen würde. Da hatte er sein ganzes Leben drauf hingearbeitet. „Ich lehne die Rolle ab!", sagte er wie selbstverständlich zu seiner Freundin, die ihn beredete, dass er das bloß nicht tun solle. „Spinnst du, Leandro?", sie klopfte gegen seinen Kopf. „Karen und die T(h)eos sind doch seelisch tot. Die brauchen wen, der sie betreut. Und das sollten keine Ärzte sein, sondern jemand, der sie versteht!", sagte er. Isabelle grübelte. „Ich weiß nicht!", meinte sie, die immer noch wenig von Leandros Vorhaben hielt. „Es ist meine Entscheidung!", sagte er, löste sich aus der Umarmung mit seiner Freundin und teilte der Jury mit, dass er die Rolle nicht annehmen würde. „Warum nicht?", fragte eine Frau, sie wollte Leandro unbedingt haben. „Du bist der beste, den ich je gesehen habe und du weißt, wie viele ich gesehen habe!", meinte sie und bettelte Leandro an, bitte doch ja zusagen. Doch der blieb bei seiner Entscheidung. „Komm!", sagte er zu Isabelle. „Willst du jetzt eben nach Brasilien rüber?", fragte Isabelle. Die Enttäuschung stand ihr ins Gesicht geschrieben. „Ja, will ich!", überraschte Leandro sie. „Aber kann ich nicht!", gestand er. Er schüttelte den Kopf. Was jetzt? Die Karriere hatte er sich selbst verbaut, wenn dann würde Isabelle noch Chancen haben, aber so viel Talent wie

137

er besaß sie bei Weitem nicht. „Wein nicht!", sagte Isabelle. Sie merkte, dass sie jetzt das Zepter in die Hand nehmen musste und rief Karen zurück. „Wie geht's Leandro?", fragte Karen, neben der zwei Trümmerjungen saßen. „Der wird wieder!", flüsterte Isabelle, sie wollte nicht, dass Leandro hörte, dass sie sich mit ihrer Freundin über ihn unterhielt. „Der Helikopter ist schrott. Das Kerosin war leergegangen!", sagte Karen, die überlegte, ob es ihr lieber gewesen wäre, wenn sie es nicht überlebt hätten. Isabelle zermarterte sich den Kopf. „Wir kommen zu euch!", sagte sie. „Auch, wenn ich noch keine Ahnung habe, wie!", meinte Isabelle, legte auf und blieb mit Ratlosigkeit zurück. „Tut mir leid!", Leandro wollte sich für seine Entscheidung, die er schon bereute, entschuldigen. „Du musst dich nicht entschuldigen!", munterte Isabelle ihn auf. „Wie geht's denen denn?", fragte Leandro. „Beschissen!", antwortete Isabelle und atmete tief ein. „Die kommen zu uns!", meinte sie und musterte Leandro. „Kopf hoch!", befahl sie. Der Kopf blieb gesenkt. „Wie denn?", fragte Leandro. „Weiß nicht, Karen kling genauso ratlos, wie wir es sind!", meinte Isabelle. „Flugtickets können wir uns nicht leisten!", stellte Leandro fest. Er war am Boden zerstört. „Sollen wir es schwarz probieren?", fragte Isabelle. Sie saß noch nie in einem Flugzeug und hatte eigentlich auch Flugangst, aber die würde sie jetzt getrost hintenanstellen. „Das funktioniert nur im Bus!", meinte Leandro. Er kannte sich damit aus, den einen oder anderen Euro auf die nicht ganz saubere Art und Weise zu sparen. „Wollen wir auf' s Zimmer?", fragte Isabelle, aber Leandro verneinte. „Lass uns an die frische Luft, den Kopf frei kriegen!", sagte er. „Auch wenn das nur begrenzt klappen

138

wird!", dachte Leandro, dem alte Erinnerungen durch den Kopf stießen. „Vielleicht sollt ich's auch tun!", meinte er. „Was?", fragte Isabelle verwirrt. „Mich umbringen!", sagte Leandro, dem die Worte erstaunlich leicht über die Lippen gingen. „Leandro!", sprach Isabelle ihn an. „Du bist zu stark. Zudem hat Franco sich nicht suizidiert!", sagte sie. Sie war fassungslos. Isabelle, das instabilste Frack, mit mehreren Suizidversuchen in der Akte, war jetzt die Person, welche am meisten auf ihr Leben gab und den sonst so mutigen Leandro motivieren musste? „Geh ne Runde schlafen!", meinte sie zu Leandro, der irgendwas davon faselte, wieso er das nicht tun wolle. „Was schaust du?", fragte Isabelle ihren Freund, welcher seinen Blick ständig nach rechts und links wendete. „Nichts!", flunkerte Leandro sie an, was Isabelle merkte. „Wenn du Giftpillen suchst, musst du ins Darknet gehen!", sagte sie. Isabelle dachte, dass er vielleicht ein geeignetes Instrument, um seinen Suizidplan in die Tat umzusetzen, suchte. „Bitte?", ein winziges Lächeln kam nun bei Leandro zum Vorschein. „Das waren nur Worte!", sagte er, den Selbstmordplan hatte er beiseitegelegt. „Wir schaffen das!", sagte er kämpferisch. „Richtig so!", meinte Isabelle, die überrascht war, aber sich mächtig freute. Leandro, der etwas vor Isabelle lief, ging immer weiter von der Schauspielschule weg. „Wollen wir nicht mal wieder zurück?", fragte Isabelle. „Zurück? Wir wollen nach vorne!", sagte Leandro, einen konkreten Plan vor den Augen habend. Isabelle war verdutzt. Wo nahm er plötzlich diesen Ehrgeiz her? „Warum ist Franco eigentlich gestorben?", fragte Leandro. Isabelle grübelte. „Ehrlich gesagt weiß ich es nicht!", meinte Isabelle, der es leidtat,

139

da ihre Antwort für ihren Freund bestimmt wenig zufriedenstellend war. „Okay!", sagte Leandro. Er teilte Francos lockere Art, aber bei ihm kamen auch mal die ernsten Seiten durch. „Krass!", dachte Isabelle sich und erhöhte ihr Schritttempo, um an Leandro dranzubleiben. „Was ist eigentlich der Plan?", fragte sie, aus der Puste. „Das würde zu lange dauern!", meinte Leandro, der ein Taxi zu ihnen winkte. „Moin!"

„Moin!"

„Das ist Isabelle! Isabelle, das ist Pato, mein Cousin!", stellte Leandro sie gegenseitig vor. „Ist das deine Freundin?"

„Meine Ehefrau!", erwiderte Leandro. „Da hast du aber nen guten Fang gemacht!", sagte Pato. „Laber nicht, fahr!", meinte Leandro genervt. „Wir haben doch Zeit!", antwortete Pato, ebenfalls genervt. Isabelle wusste nicht, was abging. „Wenn wir nicht fliegen können, fahren wir halt!", sagte Leandro. Isabelle staunte, sie blickte Pato an, der das mitbekam. „Familie!", sagte er. „Kann man denn überhaupt mit Auto nach Brasilien?", fragte Isabelle. „Seit Neuerem ja. Es gibt eine befahrbare Brücke zwischen dem brasilianischen Bundesstaat Amapá und Französisch-Guyana in Frankreich!", erklärte Pato. „Schon toll, was heutzutage alles möglich ist!", staunte Isabelle. Sonst hetzte sie auch gerne mal gegen die neumoderne Technik. „Was bekommt er denn dafür?", fragte Isabelle Leandro, der eine Null mit seinen Fingern formte. „Zero!", sagte Pato glücklich. Geld war für ihn eh belanglos, er bevorzugte es sogar, nicht allzu viel von dem bunten Papier zu besitzen, weil er es sonst an Freiwillige verschenken würde, wie er sagte. „Kanntest du Franco auch?", fragte Isabelle ihn vorsichtig.

140

Sie hatte nicht mitbekommen, dass Leandro ihm von dem Unglück erzählt hatte. „Ja!", meinte Pato traurig. „Guter Junge gewesen, hat bei den familiären Festen immer die Grillzange geschwungen!", sagte er. „Und wie habt ihr euch kennengelernt?", fragte Pato, den es brennend interessierte, denn er hatte vor Jahren gegen Franco gewettet. „Franco meinte, Leandro findet nie ne Freundin, Unsinn hab ich gesagt!", meinte Pato, der einen Fick drauf gab, dass Leandro es unangenehm war. „In der Psychiatrie!", sagte Leandro und hoffte, seine wenig romantische Antwort würde den Wind aus den Segeln nehmen, aber Isabelle erzählte heiter drauf los. „Hast du zu viele Tomaten gegessen?", fragte Pato Leandro, der einfach nur die Tür aufreißen und aus dem Taxi springen wollte. Sein Cousin und seine Ehefrau lachten ohne Hemme. „Wer ist denn das?", fragte Karen. „Vielleicht bringt das neue Patienten?", meinte Theo angefressen. „Da sitzen Leandro und Isabelle drin!", entgegnete Karen, die sich fragte, wie das sein konnte. „Lasst uns schnell wegrennen!", meinte der kleine Teo. „Nein, die winken!", entgegnete Karen überrascht. „Wie sind die denn hier hergekommen?", fragte Theo, welcher seine Augen zu und wieder auf kniff, um sicherzustellen, dass er nicht am Träumen war. Das Taxi rollte näher auf sie zu, Pato begrüßte sie mit einem Moin. „Weiß der, was passiert ist?", flüsterte Karen zu Leandro, aber Pato hörte es. „Rumflennen bringt uns nicht weiter!", sagte er. „Der ist ja noch skurriler als Franco!", dachte Theo. „Wieso ist Franco gestorben?", fragte Leandro. „Weil sie ihn abgeschossen haben!", meinte Teo in Ehrfurcht. „Warum haben sie ihn abgeschossen?" Teo, Karen und Theo starrten Löcher in die

141

Luft. „Es lag am Geld!", sagte Karen, weshalb Leandro verwirrt blickte. „Er hat vergessen, es umzutauschen!", meinte sie. „Dummbatz!", sagte Pato, Leandro erklärte ihnen, dass sie Francos Art nicht missdeuten sollten. „Kennt ihr euch?", fragte Theo. Äußerlich sahen Pato und Leandro so verschieden wie Wurst und Käse aus und auch die Charakterzüge waren sehr unterschiedlich ausgeprägt. „Cousin!", meinte Leandro, der Pato erkärte, warum Karen und Co. hier und er und Isabelle auf der Schauspielschule waren. „Soll das hier nen Kaffeekränzchen werden?", fragte Pato, er ging auf die Psychiatrie zu. „Nicht noch ein Toter!", hielt Leandro ihn davon ab, er zerrte seinen Cousin wieder zurück. „Ich habe doch Reale dabei!", meinte Pato patzig und machte erneute Anstalten, in das Sanatorium hineingehen zu wollen. „Bitte nicht!", sagte Karen, Bilder schwirrten in ihrem Kopf herum. „Es wird nichts passieren!", meinte Pato und marschierte unaufhaltsam in die Psychiatrie. Die anderen waren ihm nicht gefolgt. Karen, Leandro und der Rest standen in einem Kreis, Jeder wechselte den Blick mit dem anderen, niemand sagte etwas. „Er wird's überleben!", meinte Leandro, der seinen Cousin kannte. „Ich möchte mir das nicht mit anschauen!", sagte Karen, sie sehnte sich nach Geborgenheit. Ein lauter Schuss ertönte. „Das war's dann mit ihm!", meinte Leandro kalt, alle stürmten auf ihn zu, Isabelle prügelte sogar auf ihn ein. „Er lebt!", sagte Leandro, der Mühe hatte, sich wieder von seinen Angreifern zu befreien. „Dein schwarzer Humor ist echt drüber!", schimpfte Isabelle mit ihm. Schon wieder hörten sie einen Knall, diesmal noch lauter. Noch mehrere laute Knalle folgten. „Geschieht da grad nen Massaker?", fragte

142

Karen. Sie heulte und schluchzte und fluchte. Die anderen versuchten sie zu trösten, aber Karen ging es so schlecht, dass ihr niemand mehr helfen konnte. Pato kam mit einer Flut an Kindern, die niemals alle in das Taxi passen würden, aus dem Sanatorium herausgestürmt. Dicht gefolgt von dem Wärter, welcher Francos besten Freund im Gefängnis erschossen hatte. „Rennt!", schrie Pato den wie Statuen dastehenden Leandro, Isabelle und Co. entgegen. „Komm!", sagte Leandro zu Karen, aber die rührte sich keinen Fleck. Pato trat ihr heftig in den Allerwertesten. „So schnell kann ich laufen?", meinte Teo. Seine kurzen Beinchen überschlugen sich beinahe, aber das war auch bitter nötig, denn hinter ihnen rannten ein paar Wärter her. „Warum eröffnen die nicht das Feuer?", fragte Isabelle. „Das hättest du lieber nicht sagen sollen!", sagte Leandro, eine Kugel flog nicht weit an ihnen vorbei. Plötzlich drifteten von allen Seiten Taxis auf sie zu. „Teilt euch auf, die tun nichts!", meinte Pato, der stehen blieb. „Was tust du denn da?", fragte Leandro. Schweißperlen liefen seine Stirn hinab. „Such dir ein Taxi!", meinte Pato nüchtern. Leandro schaute sich um, alle Taxen waren bereits randvoll, er kletterte auf das Dach von einem, was den Insassen, die jeden seiner hektischen Schritte spürten, nicht sonderlich gelegen kam. „Leg dich hin!", sagte der Fahrer, Leandro dachte sich, dass er wohl der Adressat sein musste und legte sich hin. Eine Patrone sauste über ihm vorbei. „Wäre ich noch gestanden, wär ich jetzt tot!", dachte er sich und warf einen Blick über seine Schulter. Über zehn Taxen sausten um die Wette, jeder hatte einen Platz gefunden, aber Pato? Der stand noch immer dort, wo sie gestanden hatten, als er mit den Kids

143

hinausgestürmt war. Leandro sah mehrere Wächter, die um seinen Cousin herumstanden und nicht zimperlich mit diesem umgingen. Leandro wusste, was das zu bedeuten hatte. Ihm kamen die Tränen. Die Taxifahrer machten keinen Halt, obwohl sie längst über alle Berge waren. „Wann stoppen wir?", fragte Leandro, der nicht wusste, ob der Fahrer ihn wahrnahm, aber plötzlich stoppten sie. „Aussteigen!", sagten die Taxifahrer und alle stiegen aus. Die brasilianischen Kinder hatten eigentlich allen Grund zur Freude, aber sie wirkten irgendwie unglücklich. „Wie geht's dir?", fragte Isabelle Karen. „Alles gut!", sagte Karen, die ihre ganzen negativen Gedanken verdrängen konnte und dachte, dass sie jetzt alle in Sicherheit seien. Sie suchte die Menschenmenge nach ihren Freunden ab, die beiden T(h)eos unterhielten sich, wie abgefahren das doch gerade gewesen sei. Karens Blicke schweiften weiter, sie sah, dass die Taxifahrer beieinander standen und irgendwas redeten, dabei guckten sie zum Himmel. „Vielleicht beten die!", dachte sie sich und suchte die vielen Menschen nach Leandro ab. „Da ist er ja!", meinte Karen, sie hatte gefühlt jeden, der hier anwesend war, angeguckt. „Dein Bruder war ja schon verrückt, aber dein Cousin ist ja nochmal ne ganze Spur verrückter. Verrückt im positiven Sinne!", meinte Karen froh, aber Leandro konnte ihre Freude nicht teilen. „Pato war der Verrücktere, ja!", sagte er und blickte auf seine Füße. Bei dem Hechtsprung auf das Taxi hatte er seine Sneaker verloren. „Sind nur dreckig, aber bin nicht verletzt!", meinte Leandro, der bemerkte, dass Karen sich Sorgen machte. „Wann fahren wir weiter?", fragte Karen. „Sie hat es nicht verstanden!", dachte Leandro sich und sagte: „Pato ist auch tot, hat

144

sich für uns geopfert!", meinte er. Stolz überwog seine Trauer.

„Das tut mir so leid für dich!", sagte Karen, aber Leandro meinte, dass es schon gut sei und sie jetzt schauen mussten, wo sie blieben. „Das war mal wild!", sagte Aurelian, welcher mal wieder vorgab, dass es ihm gefiele in riskante Situationen verwickelt zu sein. „Pato ist tot!", sagte Karen. Aurelian wusste nicht, wen sie meinte. Er sah Leandro an. „Oh, tut mir Leid Leandro!", sagte er, aber Leandro machte auch ihm klar, dass er kein Mitleid wollte. Währenddessen wurde Isabelle von zig Kids, die um sie herumstanden, auf Portugiesisch zugetextet. „Was reden die da?", rief Isabelle, die Leandro, Karen und Aurelian aus der Ferne sah. „Wie hübsch du bist!", schrie Karen zurück. „Die machen sich an deine Alte ran!", meinte Aurelian, der Leandro motivieren wollte, sich einzumischen. „Schon gut!", meinte Leandro, er hatte jetzt gerade andere Sorgen. „Was ist los?", fragte Isabelle, die prächtig amüsiert darüber war, dass jeder mit ihr reden wollte. „Komm mal rüber!", schrie Karen, schon an ihrer Stimme erkannte Isabelle, dass mal wieder was Schlimmes passiert sein musste. „Pato ist tot!", sagte Leandro, er warf einen Ast, so weit er konnte. „Wieso?", schrie Isabelle, „Wieso?", schrie sie erneut. Wut, Hass und Schmerz waren ihr ins Gesicht geschrieben. „Alles wird gut!", sagte Leandro, der sich selbst lächerlich vorkam. Er hatte seinen Bruder und seinen Cousin verloren und den lukrativen Job, welcher ihn und seine Freundin glücklich gemacht hätte, einfach abgelehnt. „Was soll denn gut werden?", fragte Isabelle. Sie weinte bitterlich. Die Gruppe der Taxifahrer kam zu ihnen. Einer davon fragte, warum Isabelle so rumheule, aber Karen verstand ihn nicht richtig. „Nós

145

vamos agora!" (Wir fahren jetzt weiter), sagte er. „Wo fahren wir denn überhaupt hin?", fragte Leandro. Die zehn Taxen nahmen ihre Fahrt wieder auf. Sollte es die Polizei sehen, mit wie vielen Leuten sie in einem Wagen saßen, wären die Fahrer ihre Lizenz mit Sicherheit erstmal los. Isabelle, Karen, Theo und Teo waren wieder eingequetscht, Karen schrie nach Luft. Leandro hatte sich bewusst wieder auf das Taxidach geschmissen. Hier oben fühlte er sich frei, aber es war auch deutlich gefährlicher. Tempolimits sagten den brasilianischen Taxifahrern wenig, bei teils über hundert Stundenkilometern hatte Leandro des Öfteren Mühe, nicht vom Dach zu fallen. „Hört die Fahrt denn nie auf?", fragte er sich. Er hatte mehrere Hauptstädte betrachtet, häufiger gesehen, dass ein paar Taxis abgeschlagen waren und hielt ständig Ausschau nach seiner Ehefrau, die ihn mit verträumten Blicken zurückanstarrte, wenn sie ausnahmsweise mal freie Sicht genoss. „Die Taxifahrer sehen sich im Gesicht alle recht ähnlich!", meinte Leandro. Er überlegte und kam darauf, dass viele von ihnen sich auch in der Haarfarbe nicht unterschieden. „Fast alles Schwarzköpfe!", dachte er sich. Auch Pato hatte pechschwarzes Haar gehabt. Huckelig ging es weiter. „Sind wir in Bayern?", scherzte er, nahm seinen Kopf hoch und sah, dass sie tatsächlich im flächenmäßig größten Bundesland der Bundesrepublik Deutschland waren. Kühe, die Glocken an ihren Hälsen hangen hatten, muhten. „Muuuh, du dumme Kuh!", gab Aurelian einem der schwarz-weißen Vierbeiner zurück. Die Kinder starrten ihn an. Sie hatten nicht verstanden, was er gesagt hatte, weswegen Aurelian sich wunderte.

146

„Was gibt's?", fragte er. „Ach, die können mich ja nicht verstehen!", stellte er fest. „Müssen wohl trotzdem wissen, dass ich absolut lost bin!", dachte er sich. Er begutachtete die vielen Gesichter. Man sah, dass den Kindern Unrecht angetan wurde und irgendwie, vielleicht bildete sich Aurelian das auch nur ein, sah er in den Gesichtern auch die Freude darüber, dass die Psychiatrie jetzt nicht mehr das Zuhause der Kids war. Karen war mit ihm im Taxi. „Karen, was geht?", grölte er in ihre Richtung. Karen zog ein langes Gesicht, sie wollte, dass die Fahrt endlich endete. Die Taxen wurden langsamer, dann wurden sie noch langsamer und schlussendlich standen sie. Wieder standen sie in einer Traube von je gut zwanzig Menschen in fünf Personenkreisen zusammen. „Was müssen die denn jetzt schon wieder besprechen?", flüsterte Karen Aurelian zu. „Gute Frage. Ich geh da mal höchstpersönlich nachfragen!", sagte er. „Probier's!", meinte Karen, sie konnte sich das Grinsen nicht verkneifen. „Blödfrau!", meinte Aurelian zickig. „Leandro, frag mal, wann wir weiterfahren!", rief Karen ihm zu, aber Leandro entgegnete ihr, dass sie doch bereits am Ziel seien. „Erkennst du das hier nicht?", fragte er sie. Karen studierte die Umgebung. „Wieso ausgerechnet das Kartoffelfeld?", fluchte Aurelian. Ausnahmsweise stimmte Karen ihm zu. Leandro ging zu den Taxifahren, welche sich erneut gesammelt hatten. „O wie nós queremos aqui?" (Was wollen wir hier?), fragte er. Von den Fahrern bekam er als Antwort, dass Pato es ihnen im Vorhinein so aufgetragen habe. Leandro fragte, ob der ein oder andere von ihnen mit Pato verwandt sei. „Pato tem uma grande familia!" (Pato hat eine große Familie), sagten sie gleichzeitig. „Klone sind das aber nicht?", fragte Aurelian Karen, die ihm auf den Fuß trat. „Was haben die gesagt?", erkundigte Isabelle sich bei Leandro. Die Taxifahrer waren jeweils zu fünft in eines der Taxen gestiegen und düsten im Kreis um die Menschenmenge herum. „Wollen die uns zu Hackfleisch verarbeiten?", fragte Teo panisch. „Wenn dann, will ich für einen Döner wiederverarbeitet werden!", meinte Aurelian. „Ist deren Art sich zu verabschieden!", holte Leandro sie aus ihren Wahnvorstellungen heraus. Die Taxifahrer fuhren weg. „Pato ist für dich gestorben!", meinte Aurelian. Er sah ihm tief in die Augen. „Für Franco!", entgegnete Aurelian. Er konnte es nicht nachvollziehen. „Ich hätte das nicht gemacht!", sagte er zu Isabelle, die bloß meinte, dass sie jetzt wieder nur Kartoffeln zu essen bekämen. „Das ist ganz schlimm, da muss ich dir beipflichten!", sagte Aurelian mit erhobenem Zeigefinger. „Was ist damit?", meinte Theo. Acht Taxen standen noch da. „Was machst du?", fragte Leandro. Aurelian ging dreihundertsechzig Grad um die Fahrzeuge herum. Er legte sich auch unter die Karosserien. „Analysiere den Zustand. Danach richtet sich der Wiederverkaufswert!", meinte er und erklärte ihnen, was für eine Bewertung alles von Belangen war. „Die Wagen gehören uns nicht!", schimpfte Isabelle, Aurelian knipste Fotos. „Du stellst die nicht wirklich bei EBay rein!", sagte Isabelle erbost. „Wir sind jung und brauchen das Geld!", entgegnete Aurelian. „*Wir* sind jung!", sagte Leandro und hielt Aurelian unter die Nase, dass er genügend Zeit gehabt hatte, um Arbeiten zu gehen. „Gegeben!", freute sich Karen, dass Aurelian einstecken musste. „Aber stell sie ruhig bei EBay rein!", sagte Leandro, der damit den Ärger seiner Ehefrau auf sich zog.

148

„Das ist illegal. Sowas würde ich nicht von dir erwarten!", hielt sie ihm eine Standpauke. Aber Leandro blieb lässig. „Bitteschön!", sagte er. Isabelle schaute, was er ihr da gegeben hatte. „Was ist das?", fragte Teo, dem solche Dokumente noch völlig fremd waren. „Fahrzeugscheine. Und auf jedem steht Leandros Name!", freute sich Aurelian, der sich schon mit Leandro über den Verkaufspreis beratschlagte. „Aber dein Name ist nicht in den Kaufverträgen eingetragen!", sagte Isabelle kritisch. „Woher weißt du das?", fragte Aurelian, der Leandro ansah. Er hatte Angst, dass er sein tolles Angebot wieder löschen musste. „Ist das wichtig?", fragte Leandro, der von so etwas keinerlei Ahnung hatte. Isabelle und Aurelian stritten hitzig darüber, wer von ihnen im Recht war, doch Karen, welche recherchiert hatte, beendete ihren Streit. „Der Eigentümer des Fahrzeuges ist immer die Person, deren Name im Kaufvertrag steht und dem das Fahrzeug samt Kaufvertrag und Urkunden übergeben wurde!", las sie vor. Sehr enttäuscht löschte Aurelian die Anzeige wieder. „Zehntausend Euro hätten wir bestimmt bekommen!", sagte Leandro, ebenfalls enttäuscht. „Wer hat die Fahrzeuge denn gekauft und wieso bist du in den ganzen KFZ-Scheinen eingetragen?", fragte Aurelian verdutzt. „Eins hat Pato gekauft. Bei dem wusste ich auch, dass ich eingetragen bin. Hat er mir geschenkt, als ich achtzehn geworden bin!", behauptete Leandro. Ungläubig guckte Isabelle ihn an. „Isso, du hast es nicht mitbekommen, denn ich wollte dich damit überraschen, dass wir nen eigenes Auto haben!", erklärte Leandro sich. „Und bei den anderen?", fragte Aurelian. „Keine Ahnung, vielleicht hat Pato die

149

auch alle gekauft, Geld besaß er wohl!", meinte Leandro mit hochgezogen Schultern. „Vielleicht hast du die Taxen ja geerbt!", meinte Aurelian, aber die anderen hielten das für abwegig. „Er wird noch kein Testament aufgesetzt haben!", meinte Leandro. „Und wenn auch, auf dem Kartoffelfeld wird das bestimmt nicht liegen!", ergänzte Karen. „Sieh's ein, wir können die nicht verkaufen!", meinte Leandro zu Aurelian, welcher noch immer haderte. „Was machen die denn?", fragte die Landwirtin, welche aus ihrer Behausung herausgekommen war, empört. „Hmm?", fragte Leandro und wendete seinen Blick. Die brasilianischen Kinder nahmen ihr ganzes Feld auseinander. Sie rissen die Kartoffeln aus und gruben die Erde um. „Aufhören!", schrie die Frau, aber sie fand wenig Gehör. „Kennt ihr die?", fragte sie Leandro und Co. „Ja, das ist so...!", meinte Karen und nachdem sie fertig ausgeholt hatte, lachte die Landwirtin laut los. „Das glaubst du ja im Traum nicht!", meinte sie. Karen gab ihr mit einer ernsten Miene zu verstehen, dass sie es sehr wohl ernst meinte. Die Frau schaute die anderen an. Die bestätigten, was ihre Freundin gesagt hatte. „Mein bester Arbeiter ist tot und die Ernte kann ich sowieso vergessen, weil die Kinder sich nicht benehmen können?", fragte die Frau verbittert. „Ich weiß, wie die finanzielle Lage ist!", sagte Karen, welche ebenfalls aus einer Bauernfamilie stammte. „Schön für dich!", zischte die Frau. Bemitleidende Worte brachten ihr gar nichts, einen neuen Acker, den wünschte sie sich. „Die sind aber doch top motiviert. Nutzen Sie die doch einfach als billige Hilfskräfte aus. Die haben ja eh keine Ahnung von Geld!", riet Aurelian ihr. Das hätte er besser nicht gesagt. „Verzieht euch. Die Kinder nehmt ihr mit.

150

Wenn ihr in ner halben Stunde nicht mit alle Mann fort seid, setzt es was!", wurde die Landwirtin deutlich und drohte ihnen obendrein mit einer Strafanzeige. „Wie sollen wir die wildgewordene Horde in den Griff bekommen?", fragte Leandro verzweifelt. „Ich muss ne Ansprache halten, mit ordentlich Pfeffer!", meinte Aurelian. „Du merkst es auch nicht, oder?", fragte Leandro, der entsetzt darüber, dass Aurelian selbst jetzt noch nicht den Ernst der Lage erkennen wollte, war. „Dann regele du das!" forderte er Leandro hinaus. Leandro blickte Karen an. Sie konnten theoretisch mit den Kindern reden, aber da sahen sie wenig Erfolgschancen. „Wir überfahren Sie mit den Taxis!", schlug Aurelian vor. Die Blicke der anderen sagten alles. „Aber Taxi ist gar nicht so schlecht!", meinte Leandro. „Wir gaukeln denen vor, dass wir weiterfahren!", sagte er. „Wie willst du die alle in sechs Taxen unterbringen?", fragte Karen. „Will ich nicht. Die Übrigen werden hinterherlaufen. Deswegen dürft ihr nicht so schnell fahren!", meinte Leandro und fragte Aurelian, ob er das verstanden hatte. „Werde mich mäßigen!", meinte Aurelian, der sich schon gefreut hatte, volle Power zu geben. „Packen wir die Kofferräume mit Kartoffeln voll?", fragte Aurelian. Theo, Karen, Teo und Isabelle lachten über ihn. „Der Vorschlag ist gut!", meinte Aurelian. „So viele Leute, wie willst du die versorgt bekommen?", erklärte er auf Nachfrage von Isabelle. „Was rufen die?", fragte sie. Zusammen mit den anderen beiden belud sie die Kofferräume. „Beleidigungen!", meinte Leandro, der genervt war, weil sie schuften mussten und dafür auch noch dumm angemacht wurden. „Ich geb denen gleich Beleidigung!", meinte Aurelian. Er riss eine Kartoffel so stark aus der

151

Erde, dass sie kaputtging. „Was bedeutet das denn?", fragte Karen. Ein paar der Worte hatte sie verstanden. Alles harmlos, aber jetzt hatte sie ein schlimmes Wort vernommen. „Is egal!", entgegnete Leandro und klappte den kartoffelhaltigen Kofferraum zu. „Nicht so schnell!", wies er Aurelian nochmal drauf hin. „Ich hätte schon Lust!", dachte Aurelian, welcher jetzt an einem Steuer der Taxen saß, sich. Die Kraftfahrzeuge hatten sich gefüllt. Sie fuhren zeitgleich los. Leandro drehte seinen Nacken. „Perfekt!", freute er sich. Die Kinder, welche keinen Platz mehr gefunden hatten, liefen hinter ihnen her. „Wo soll ich denn hinfahren, Leandro hat nichts gesagt?!", fragte Karen sich. Immer wieder schaute sie die anderen Fahrer an, aber das ging auf Kosten der Sicherheit ihrer Fahrgäste. „Komm schon Karen. Du kannst das!", sprach sie sich Mut zu. Aurelian hatte Schwierigkeiten, seinem Verlangen ordentlich aufs Gaspedal zu drücken, nicht zu erliegen, aber er riss sich zusammen. „Jetzt sind sie wieder totenstill!", dachte Leandro sich. Er hupte. Langsam ließ er das Taxi ausrollen, auch die anderen Taxen kamen nach und nach zum Stehen, das von Aurelian geführte zuletzt. „Das ist ne ganz normale Wiese!", meinte Karen, die aus ihrem Führerhaus gestiegen war, zu Leandro. „Pass auf!", sagte er zu ihr und pfiff. Die Kinder lauschten ihm. „Wenn sie nichts machen können, sind sie ruhig!", flüsterte er Karen zu. Leandro sagte, dass alle die Ohren spitzen sollten. Vor vielen Menschen zu sprechen war er gewohnt, aber normalerweise hatte er seine vorgegebene Rolle oder er musste improvisieren. Auch jetzt musste er sich was, das Hand und Fuß hatte, ausdenken. Er sprach Portugiesisch, dabei klang er wie ein Anführer, dann übersetzte er

152

das Ganze für seine Freunde. „Wir müssen und werden uns verstehen!", meinte er. „O wie você quer?" (Was wollt ihr?), fragte er die Kinder laut und deutlich. Manche weinten, manche blickten sich untereinander an, manche schrien was durcheinander. „Stopp!", schrie Leandro, er setzte sich durch. Eines der Kinder, welches wohl das älteste von ihnen allen war, trat nach vorne, er rief ein Mädchen dazu. „Spielen die Zirkus?", fragte Aurelian und lachte. Die zwei machten Handzeichen. „Das bedeutet sowas wie Frieden!", entgegnete Leandro und warnte Aurelian, er solle nicht nochmal lachen. „Plano (Wohnung), Comer (Essen), Bebida (Trinken)!", erklärte der Junge. Leandro sah sich die Menschenmenge an. „Sim?" (Ja?), fragte er. Sie nickten. Er teilte ihnen mit, dass sie ihre Bedürfnisse erfüllt bekämen, wenn sie ihre Mätzchen ließen. „Wir haben selber keine Wohnung!", stellte Karen fest. „Was ist eigentlich mit euren Jobs?", fragte Aurelian. Karen griff sich an den Kopf. An den hatte sie gar nicht mehr gedacht. „Ja, Karen hier, wie ist das wegen morgen?", fragte sie Gregor, welchen sie angerufen hatte. „Was soll da sein?", gab Gregor ihr als Antwort. „Wegen arbeiten!", meinte Isabelle. „Wer eine Woche unentschuldigt fehlt, braucht so nicht ankommen!", sagte Gregor. Erbost legte er auf. „Wir wurden gekündigt, Theo!", sagte Karen traurig. „Juhu!", freute Theo sich dagegen. „Hat mir eh keinen Spaß gemacht!", erklärte er, denn die anderen guckten fragend. „Das ist mein Mann, macht nur, was ihm gefällt!", sagte Aurelian und klopfte ihm lobend auf die Schulter. „Kein Job heißt aber auch kein Geld!", entgegnete Karen. „Das würde eh nicht viel bringen. Wir müssen eine Unterkunft für uns alle und für die alle

153

finden!", sagte Leandro. Ich fahr mit einem der Taxis, sagt ihnen, dass wir hierbleiben und ich bloß wegmuss!", meinte Leandro. Er hatte einen Plan. „Ich fahr ihm hinterher!", sagte Karen. Vor circa fünf Minuten war Leandro losgedüst, sie hatte Angst, dass er sich einfach aus dem Staub machen und ihnen die Verantwortung in die Schuhe schieben würde. „Komm wieder!", rief Isabelle, nun waren sie nur noch zu viert mit den hundert brasilianischen Kindern. „Leandro leidet manchmal auch an Größenwahn!", sagte Aurelian zu Isabelle, die ihm wieder ihres Willens recht geben musste. „Ihr seid so still!", sagte sie zu den zwei T(h)eos. „Was soll ich sagen?", dachte Theo sich. Er hatte keine Ahnung, wie er ihnen weiterhelfen könnte und außerdem überlegte er, wegzulaufen. „Alles gut!", meinte der andere Teo. „Hoffentlich!", dachte Leandro, er gab noch mehr Gas und verhielt sich ausnahmsweise so, wie es sonst Isabelles Cousin im Straßenverkehr tat. „Erst ne Predigt halten und dann im Affenzahn durch die Stadt sausen!", meinte Karen, welche soweit aufgeholt hatte, dass Leandro in Sichtweite war. „Der fährt zur Schauspielschule!", stellte sie erstaunt fest. Hatte man sich einmal gegen sie entschieden, galt es als verpöhnt, nochmal die elitäre Bildungseinrichtung zu besuchen. „Leandro!", rief sie, die noch im Taxi saß, lautstark durch das heruntergefahrene Fenster. Doch Leandro, welcher gerade reinging, hörte sie nicht. Er stürmte auf die Bühne, auf welcher gerade Gustav, ein Junge, welchen Leandro für sehr untalentiert und unberechtigt an der Schauspielschule aufgenommen hielt, etwas vor der Jury präsentierte. „Was soll das?", fragte Gustav Le-

154

andro wütend. Die Agenten dachten erst, dass würde dazugehören, aber dann wurde Gustav sogar körperlich gegenüber Leandro. Der hatte aber keine Schwierigkeiten Gustav abzuwimmeln. „Er stört meine Präsentation!", beschwerte Gustav sich bei seiner Lehrerin, die auf einem Hocker am Ende der Bühne saß. „Ich muss mit Ihnen reden!", sagte Leandro, er hatte Gustav das Mikrofon weggenommen. „Mit mir?", fragte die Agentin, welche ihm den Job, den er verweigert hatte, angeboten hatte. „Ja, dringend!", sagte Leandro, er entschuldigte sich bei Gustav und schwung vor den Augen der Juroren eine Lobeshymne auf ihn, was ihm nicht leichtfiel. „Die anderen bewerten deinen Auftritt zu dritt!", sagte die Frau. Sie stand von ihrem Stuhl auf und ging mit Leandro aus dem Präsentationsraum hinaus. „Sorry!", sagte Leandro. „Alles gut, der taugt nicht!", meinte die Agentin. Sie und Leandro waren sich immer einig, ob jemand Talent hatte, oder nicht. „Was ist denn?", fragte sie ihn nun gespannt. „Wegen der Rolle, ich nehme sie doch an!", meinte Leandro. „Schauspielerei ist kein Wunschkonzert!", entgegnete die Agentin. „Sorry, aber ich vergebe die Rolle nur an jemanden, der auch zu einhundert Prozent dahintersteht!", sprach sie Klartext. „Stehe ich. Es ist ein Trauerfall dazwischengekommen!", meinte Leandro, der ihr versicherte, dass das keine faule Ausrede war.

155

Kapitel 8: Comeback

„Das tut mir leid, Leandro. Du weißt, wie ich dich einschätze, aber die Rolle ist schon an wen anderes vergeben!", sagte sie. „An wen?", wollte Leandro wissen. Er dachte, dass sie dann bestimmt jemand von einer anderen Schauspielschule ausgewählt hatten, denn ohne abgehoben klingen zu wollen, war er der Einzige mit echtem Potential zur Weltklasse an dieser Schauspielschule. „Rudi!", sagte die Agentin. Leandro schluckte. „Er ist nicht schlecht, aber nicht halb so gut wie du!", überlegte die Agentin. Leandro bekam etwas Hoffnung. „Leandro!", schrie plötzlich eine andere Frauenstimme, erschreckt drehte sich Leandro um. „Karen!", sagte er erstaunt. „Schon ne Neue geangelt?", fragte die Agentin ihn vertraut. „Nein!", sagte Leandro, doch Karen fiel ihm um den Arm und meinte, dass er unbedingt zurückkommen solle. „Die kommt mir bekannt vor, irgendwo hinten dämmert es bei mir!", sagte die Agentin in einem etwas abgehobenem Ton. „Bin raus aus der Schauspielerei!", meinte Karen. „Ah, hast mal für ne Nebenrolle vorgesprochen und wurdest nicht genommen!", sagte die Agentin hochnäsig, was Karen wütend machte. „Kümmern Sie sich um ihren eigenen Kram!", meinte sie, aber die Agentin erklärte, dass sie das doch tue. Schließlich sei das Bewerten und Entscheiden ihr Job. „Ich verzichte doch!", sagte Leandro. „Was?", meinte Karen verwirrt. „Nur wegen dieser dummen Tante?", fragte die Agentin, Karens Fass war übergelaufen, sie langte zu.

156

Ihre Schlagkraft war nicht von schlechten Eltern, die Agentin taumelte. Leandro half ihr dabei, sich wieder zu fangen. „Wenn du gut im Schauspielern wärst, dann würdest du jetzt nen Krankenwagen eintreffen lassen!", meinte die Agentin zornig. Karen entschuldigte sich und fragte die Frau, welche auf dem Boden saß, wie sie ihr helfen könnte. „Sie sind verhaftet!", sagte ein Polizist und nahm die sehr, sehr, sehr überraschte Karen in Gewahrsam. „Haben Sie schwerwiegende Verletzungen?", fragte er die Agentin und half ihr auf. „Nein, alles gut!", sagte die, aber sie echauffierte sich darüber, dass das Mädchen sie heftig geschlagen habe. „Aber das würde meiner Freundin doch nicht zu Gesicht stehen!", meinte der Cop. Karen und die Agentin blickten erst sich und dann den Bullen an. „Wir haben was gemeinsam, wir sind beide verwirrt!", meinte sie zu Karen, der das schmeicheln sollte. „Das seid ihr!", erwiderte der Polizist und zog sein Kostüm aus. „Aurelian würde jetzt fragen, ob du das mit Isabelle auch machst!", sagte Karen, die noch an ihren Handschellen gefesselt war, zu Leandro. „Entschuldigung!", sagte die Agentin zu Karen. „Wieso entschuldigt die sich denn jetzt?", dachte Karen sich. „Nicht mal ich konnte ahnen, dass mir mal eine echte Watsche verpasst werden würde, damit ein Polizist meine Angreiferin dingfest machen kann!", sagte sie. „Die denkt, wir haben das geschauspielert!", murmelte Karen so leise, dass die Agentin es nicht hören konnte. „Leandro hat es ja auch geschauspielert!", dachte sie nun. „Er ist der Beste!", sagte sie zu der Agentin, welche meinte: „Ich wusste schon vorher, wie gut er ist. Aber du hast dich selbst übertroffen!"
„Du bekommst die Rolle!", versprach sie ihm, Leandro machte

157

einen Freudensprung. Die Agentin schaute jetzt Karen an, ziemlich penetrant. „Sparen Sie sich ihre dummen Sprüche!", meinte Karen, welche absolut keine Lust hatte, wieder einen Streit mit ihr anzufangen. „Ich muss mich wirklich nochmal ausdrücklich bei dir entschuldigen!"

„Bitte was?"

„Deine Darbietung war fantastisch, natürlich nicht auf Leandro-Level, aber ich biete dir eine größere Nebenrolle in dem Musical, in welchem Leandro dann die Hauptrolle spielen wird, an. Völlig geflasht bedankte sich Karen bei der Agentin und sagte ihr zu. Sie hatte sich vertan, als sie meinte, dass das Schauspielen doch nichts für sie sei. Mit ihren mangelnden Erfolgschancen hatte sie zwar nicht Unrecht, aber ihr größtes Hobby war es definitiv und auch, wenn die Agentin es eigentlich nicht so sah, fand Leandro, dass sie durchaus Potential besaß. Sogar mehr als Isabelle, welche sich in ihren wenigen Wochen auf der Schauspielschule richtig gut gemacht hatte. „Dann sehen wir uns!", sagte die Agentin. Sie wollte wieder zurück in den Präsentationsraum gehen, um Gustav mitzuteilen, dass es bei ihm leider nicht reiche, was ihre Kolleginnen aber wohl eh schon getan hatten. „Entschuldigung!", sagte Leandro, seine Stimme klang etwas zitterig. „Wofür entschuldigst du dich?", fragte die Agentin, sie lächelte. „Meine Freundin, Isabelle, können Sie ihr auch ne Rolle geben?", fragte er, aber er hatte nur wenig Hoffnung. „Die seit Kurzem auch an dieser Schauspielschule angemeldet ist?", fragte die Agentin. „Ja!", antwortete Leandro. „Nein, sie ist zu unerfahren!", bekam er zu hören, doch Leandro blieb hartnäckig. „Dann spielen wir auch nicht mit!",

158

sagte er, der Karen in seiner Aussage einfach miteinschloss. „Na gut, aber sie bekommt die nebensächlichste Nebenrolle!", gab die Agentin nach. Ihr passte es eigentlich nicht in den Kram, aber sie wollte Leandro, und auch Karen, unbedingt. „Ich danke Ihnen!", sagte Leandro und streckte seinen Daumen nach oben. „Wir haben gar nicht gefragt, wann die Tournee stattfindet!", sagte Karen. „Ich weiß die Daten noch!", meinte Leandro. Er rief Isabelle an. „Wir haben nen Dreier!", sagte er, Karen gab Geräusche von sich. „Dieser Perverse!", meinte Aurelian, welcher am anderen Ende der Leitung mithörte. „Ähm, wie meinst du das?", fragte Isabelle ihn vorsichtig. „Karen, du und ich!" Jetzt platzte Aurelian der Kragen. „Auch noch ohne Einverständnis, du trennst dich von ihm!", meinte er zu seiner Cousine, die hörte, wie Leandro und Karen lachten. „So meinte er das glaub ich nicht!", sagte sie zu Aurelian, dann überbrachte Leandro ihr die Neuigkeiten. „Wir alle drei werden im neuen Musical mitspielen!", sagte er froh. „Das ist spitze!", meinte Isabelle, sie war fassungslos. Nur ein paar Wochen Unterricht, dann spontan ein unangekündigter Roadtrip nach Brasilien und jetzt hatte sie schon ihre erste Rolle. So einen Karriereweg könnten nur die Allerwenigsten vorweisen. „Dachte, du hast die Rolle abgelehnt?", fragte sie. „Dumme Entscheidungen müssen überdacht werden!", meinte Leandro heilfroh. „Du musst mit einem der Taxen zu uns fahren!", sagte Karen, an welche Leandro den Hörer weitergegeben hatte. „Wir drei sind dann die nächsten vier Wochen auf Welttournee!"

„Und was bedeutet das für die anderen?", fragte Isabelle. Ungern ging es ihr besser, als den Leuten, mit welchen sie sich umgab.

159

„Die müssen es den Monat mit den Brasilianern auf der Wiese aushalten!", meinte Leandro. „Aber die haben hier doch nicht mal nen Zelt!", sagte Isabelle entschieden. „Da müssen die durch. Das Geld kriegen wir erst im Nachhinein!", machte er ihr klar. „Gut!", sagte Isabelle und legte auf. Schweren Herzens verabschiedete sie sich von ihren Freunden und ihrem Cousin. „Wer übernimmt jetzt das Kommando, falls die vor Langeweile das Gras ausreißen?", fragte Aurelian. „Du!", entschieden die beiden T(h)eos einstimmig. Sollte wirklich Trouble angesagt sein, wäre es höchstinteressant zu sehen, wie Aurelian versuchen würde, die Lage zu managen. „Gute Wahl!", sagte Aurelian zufrieden. „Und pennen tun wir auf dem nassen Gras?", fragte er, wissend, dass das für dreißig Tage definitiv keine Dauerlösung sein würde. „Was schlägst du vor?", fragte Theo Aurelian, als die Dämmerung einsetzte und die ersten Kinder bereits Müdigkeitsanzeichen von sich gaben. „Wir stürmen das Haus der Landwirtin!", meinte Aurelian. „Ich will doch nicht in nassem Grass pennen!" Das wollten Theo und Teo eigentlich auch nicht. „Versuchen wir im Stehen zu schlafen!", schlug einer von ihnen vor, doch Aurelian meinte nur, dass er sich den Versuch sparen könnte. „Wir müssen ins Gras beißen!", sagte Teo zu Aurelian, welchem nicht schmeckte, dass sie kein schützendes Dach über dem Kopf hatten. „Zwei gute Freunde sind gestorben, dann werden wir das dreißig Tage lang aushalten!", sagte Theo mit einem mulmigen Gefühl. Die brasilianischen Kinder lagen größtenteils schon in dem Grün, für sie war das ein Luxusbett. „Siehst du, is nicht sooo schlimm!", meinte Theo zu Aurelian, der

160

es einfach nicht wahrhaben wollte. „Die sind auch was ganz anderes gewohnt!", schimpfte er mit Theo. Doch mit Mal war es mit Aurelians schlechter Laune vorbei. „Ich schlaf im Taxi!", sagte er und klopfte sich gegen die Stirn. „Gute Idee!", musste Theo anerkennen, zusammen mit seinem Namensvetter wollte er auch ins Taxi steigen, aber Aurelian sagte, dass dieses nur für ihn sei. „Nehmen wir halt ein anderes, hier stehen ja genug rum!", meinte Theo angefressen. „Ist das nicht egoistisch von uns?", fragte Teo. Theo blickte aus dem Fenster, die Kinder schliefen fest. „Iwo, die passen hier eh nicht alle rein. Und wir sind einen höheren Lebensstandard gewohnt als die!", meinte Theo zufrieden. Ruhigen Gewissens könnte er einschlafen. „Nicht, dass die gleich alle aufwachen und die Taxen stehlen!", meinte Teo, die Szene vom Kartoffelfeld hatte Eindruck bei ihm hinterlassen. „Nee, die wissen gar nicht, was das richtig ist!", meinte Theo und wünschte Aurelian durch die Scheibe eine angenehme Ruh. Die Nacht verging friedlich. Die nächste auch. Die darauffolgende auch. Und die weiteren siebenundzwanzig Nächte erst recht. „Wozu sollten wir auf die aufpassen, hätten uns mal lieber die Tournee anschauen sollen!", meinte Aurelian. „Du hättest die Eintrittskarten bezahlt!", sagte Theo und die drei lachten. „Wie geht das jetzt weiter?", meinte Aurelian. Würden Isabelle und die beiden Jungs jetzt mit einem Haufen Schotter zum Kartoffelfeld kommen? Und dann? „Da ruft mich jemand an!", sagte Theo und ging ran. „Hallo?" Kreidebleich im Gesicht drückte er auf den roten Hörer. „Was ist?", fragte Aurelian. „Das war Herr Friese!", sagte Theo mucksmäuschenstill. „Was wollte er?", fragte Aurelian. „Der hat doch

161

aufgelegt, du Dödel!", meinte der kleine Teo. „Noch ein Anruf!", wies er Theo, welcher gerade etwas neben sich stand, drauf hin, dass sein Smartphone in einer eigentlich unüberhörbaren Lautstärke am Vibrieren war. „Ja, hallo?", fragte Theo, der sich im Vorhinein vergewisserte, dass es eine andere Nummer war. „Isabelle hier, mah!"

„Will die dich abknutschen?", fragte Aurelian. „Gib mal her!", sagte er dann. „Warum so enthusiastisch?", fragte er seine Cousine. „Die Tournee ist zu Ende und unsere Geldsorgen auch!", sagte Isabelle, die ihm aber nicht verriet, wie viel Zählbares herausgesprungen war. „Kommt ihr uns im Ferrari abholen?", fragte Aurelian. „Dann nehmen wir Abstand zu diesen Plagen!", sagte er, der auf die Kinder guckte, welche sich im Gras suhlten als wären sie Schweine. Theo schlug ihm auf die Schulter. „War doch nur Spaß, Theo!", zischte er genervt, „Wo seid ihr denn jetzt?", fragte er Isabelle. „Paris. Wir kommen morgen zu euch!", sagte sie. „Aber zum Kartoffelfeld geht glaube ich gar kein Flug!", meinte Leandro im Hintergrund. „Krass!", Isabelle war geflasht, sie saß mit Leandro und Karen im Flugzeug, das nur sie und die Agentin beförderte. „Gönn dir mal die Wolken!", sagte Leandro, welcher neben ihr saß. „Traumhaft!", meinte Isabelle zu den lila Formen am Himmel. Karen setzte sich von ihrem Platz hinter den beiden auf einen anderen um. „Ich liebe dich!", sagte Leandro, er und Isabelle beließen es nicht bei intensiven Zungenküssen. Die Agentin fühlte sich unterhalten, Karen schaute angewidert. „Hoffentlich stürzen wir ab!", dachte sie sich. Die Aussicht war wirklich fabelhaft, aber was nützte ihr das schon? „Meinetwegen könnte es

162

auch schwer stürmen, würde meine Laune auch nicht schmälern!", meinte Karen. Sie kniff die Augen zu. Das war ihre Art, den Schmerz zu verdauen. „Was macht ihr jetzt?", fragte die Agentin. Sie verabschiedete sich von ihnen und meinte, dass sie hoffe, sie bald wiederzusehen. „Wollen wir ein Taxi nehmen?", fragte Leandro, Isabelle hielt seine Hand fest. „Ist mir doch egal!", fauchte Karen ihn an. „Entspann dich!", sagte Leandro und fragte Isabelle, was ihr am liebsten war. „Lass mal Bus fahren, das erdet uns etwas!", sagte sie. Der bequeme Flug war schön gewesen, aber irgendwie fand Isabelle, dass das nicht zur Gewohnheit werden sollte. „Ich lauf zu Fuß!", sagte Karen. „Du weißt den Weg doch gar nicht!", meinte Isabelle, aber Karen rannte einfach weg. „Sonne Bitch!", dachte sie sich und wischte durch ihre Augen, welche vor Tränen fast ertranken. „Was soll der Scheiß!", machte sie eine Nonne, die die Straße entlangging und anderweitig nichts tat, an. „Alles wird gut mein Kind!", sagte die Schwester. „Ich bin nicht ihr Kind!", schrie Karen, sie rannte noch schneller. „Haben wir ihr was getan?", fragte Leandro Isabelle, die überlegte. „Nein!", sagte sie. „Wollt ihr mit?" Der Busfahrer stand schon seit fünf Minuten an der Haltestelle. „Ja, halten sie auch am Kartoffelfeld?", fragte Leandro, der Angst hatte, dass die Tür jetzt vor seiner Nase zugehen würde. „Jo, ich kann euch kurz davor rauslassen!", sagte der Busfahrer, welcher ganz vergaß, ihre Tickets zu kassieren. „Früher musste ich immer schwarzfahren und jetzt ist der Busfahrer zu schusselig!", sagte Leandro zu Isabelle. Er ging zurück nach vorne und machte ihn darauf aufmerksam, dass sie für ihre Tickets noch blechen mussten. „Was bist du denn für einer?", fragte der

163

Busfahrer ihn ungläubig. Leandro grinste breit. Zwischendurch schauten Isabelle und er aus den verschmutzen Fenstern, aber Karen hatte wohl eine andere Route genommen. „Ich weiß echt nicht, woran es liegt!", sagte Isabelle. Leandro nickte zustimmend. „Du hast das klasse gemacht!", meinte er. Isabelles Performance ließ wirklich nicht zu wünschen übrig. „Beim nächsten Mal winkt sicher eine etwas größere Rolle!", sagte Leandro. „Hallo!", begrüßte Aurelian die Wiederkehrer. „Wo ist Karen?", fragte Theo. „Keine Ahnung!", antwortete Leandro ihm. „Ist was vorgefallen?", fragte Aurelian. Er bemerkte, dass Isabelle und Leandro bedrückt waren. „Sie war mit mal sehr schlecht gelaunt!", sagte Isabelle und erklärte, dass Karen nach der Landung abgehauen sei. „Ihre Tage haben eingesetzt!", stellte Aurelian fest. „Hat sie nen Handy dabei?", wollte Teo wissen. „Die wird nicht rangehen!", entgegnete Leandro. „Lasst uns sie über GPS orten!", meinte Aurelian, Isabelle hielt ihm eine Standpauke, wie verwerflich das sei. „Kann er sowieso nicht!", beendete Leandro die Diskussion, er wollte nicht rumlabern, sondern irgendetwas tun, das sie weiterbringen würde. „Wie war es denn so?", fragte er. Aurelian klopfte Theo und Teo auf die Schulter. Dann klopfte er auf seine eigene Schulter. „Hervorragend!", sagte er. „Lediglich keine Filmabende!", meinte er und guckte etwas nach unten. „Die kommen wieder. Denn bald wird hier gebaut!", sagte Isabelle, mit Ausnahme von Leandro wurde sie von allen ziemlich komisch angestarrt. „Wir werden eine Wohnung für uns alle und ein großes Gebäude für die alle (Sie deutete auf die brasilianischen Kinder,

164

welche im Schneidersitz im Gras saßen) bauen!", sagte sie. Aurelian versuchte tief in ihre Augen zu sehen, ganz tief. „War wohl seeeeeehr lukrativ!", sagte er, Isabelle bestätigte. „Aber nur wegen Leandros Rolle. Karen und ich haben nicht mal nen Zehntel von seiner Gage bekommen!", sagte sie. „Leandro!", sagte Aurelian, weiter folgte nichts. „Ähm ja?", fragte er kichernd. „Du weißt schon!", sagte Aurelian. „Wer kümmert sich ums Bauprojekt und wer kümmert sich um Karen?", fragte er. „Erstmal kümmern wir uns alle um Karen!", meinte Leandro entschieden. „Schreib der noch ne Nachricht, wenn sie nicht rangeht!", schlug Isabelle vor. „Wieso denn nicht du?", meinte Leandro. Im Gegensatz zu sonst wollte er diesmal nicht vorangehen. „Okay, was soll ich denn schreiben?", fragte Isabelle, die begann, was man ihr diktierte, in die Tasten zu tippen. „Hallo Karen, was los?", las Aurelian vor, was sie gemeinsam zum Ausdruck gebracht hatten. „Ist top!", meinte er und drückte auf *Abschicken*. „Das sollte nur der erste Satz sein!", meinte Isabelle wütend. „Ist es doch, ich sehe da nämlich keinen Zweiten!", hielt Aurelian dagegen. „Ist schon ne Antwort gekommen?", fragte er neugierig. „Aurelian, es sind gerade mal fünf Sekunden vergangen!", brüllte Leandro, dem es mit der Dummheit von Isabelles Cousin zu blöde wurde. Karen hing derweil mit ihrem Körper an einer Straßenlaterne, die sie förmlich umarmte. „Ne Nachricht!", sagte sie leise und zückte ihr Handy. *Was los?* „Was soll ich darauf schreiben?", fragte sie sich. Die Wahrheit konnte sie nicht schreiben. Sie entschied sich für einen trauernden Emoji, dahinter machte sie ein Herz. „Will die Bilder raten mit uns spielen?", fragte Aurelian. Isabelle und Leandro

165

strengten ihre grauen Zellen an. „Hast du ne Ahnung?", fragte I-sabelle. Aurelian hielt inne. „Ja, aber so wird es nicht sein!", sagte er zögerlich. „Sag doch mal!", forderte Isabelle ihn auf, doch Leandro blieb still. „Unter vier Augen!", meinte er dann, die Gebetenen gingen weg. „Also?", fragte Isabelle. Leandro hatte einen Kloß im Hals, er schnaufte. „Vielleicht empfindet sie auch was für mich!", meinte er. Angespannt versuchte Leandro Isabelles Reaktion zu deuten. „Könnte ich mir vorstellen!", sagte Isabelle. Im Kopf war sie gerade die Momente, in welchen sie mit Karen und Leandro zusammen war, durchgegangen. „Ihr kennt euch schon so lange, wie war das denn damals?", fragte Isabelle Leandro neugierig. „Wir waren beste Freunde!", meinte dieser und erzählte weiter, dass Isabelle ihm nie Avancen gemacht habe. „Was sagen wir denn, wenn es so ist?", fragte Leandro. „Tja!", Isabelle seufzte. „Wenn es so ist, wäre das nicht so vorteilhaft!", sagte sie. Würde jetzt immer das Wissen darüber, dass ihre beste Freundin eifersüchtig auf sie war, mitschwingen, wenn sie sich mit dieser unterhielte? „Dann wäre es vom Tisch!", Leandro überlegte. Sollte er, der möglicherweise den Konflikt darstellte oder Isabelle, ihre beste Freundin, Karen darauf ansprechen? Das ganze Gegrübel half aber sowieso nicht, wenn Karen nicht zurückkommen würde. „Sollen wir nach ihr suchen?", fragte Leandro verunsichert. Wie tickten Mädchen in solchen Situationen? Aber Isabelle schien es auch nicht so recht zu wissen. Plötzlich klingelte ihr Smartphone. Sie betrachtete die Nummer und nahm den Anruf entgegen. Karen war dran, doch Isabelle verstand kein Wort, ihre Freundin

166

plapperte völlig verzweifelt irgendein Gebrabbere vor sich hin. Isabelle, welche hörte, dass es nicht gut um Karen bestellt war, bemühte sich, diese zu beruhigen, doch Karen schrie heulend irgendwas Unverständliches und legte dann auf. „Jetzt sind wir genauso schlau wie vorher!", meinte Leandro. „Die hat mir ihren Standort geschickt!", sagte Isabelle. Sofort sprinteten sie und er los zu einem der Taxen, Aurelian schrie hinter ihnen her. „Wo fahrt ihr hin?", rief er lautstark. Auch die beiden T(h)eos riefen sie, aber Leandro und Isabelle wollten alleine zu Karen fahren. „Der verfolgt uns!", meinte Isabelle zu Leandro. Aurelian fuhr ihnen fast auf, so gering war der Abstand. „Steckt in alles seine Nase rein!", meckerte Leandro, er zog das Tempo an. „Cool, Action!", meinte Aurelian und heizte auch ordentlich durch die Straßen. Immer wieder baute er nur um Haaresbreite keinen Unfall, Leandro und Karen war es in doppelter Hinsicht ziemlich unangenehm, dass er ihnen so dicht folgte. „Ich wechsele mal die Fahrtrichtung!", sagte Leandro. Doch das half nicht. „Netter Versuch!", grölte Aurelian, er fühlte sich wie im entscheidenden Formel 1 Rennen, und der Sieg würde an ihn gehen. „Mist!", meinte Isabelle, welche die Aufpasserin spielte und Leandro immer wieder durchgab, ob sie Aurelian schon abgehängt hatten. „Gleich kommt eine vierspurige Kreuzung!", sagte Leandro, seine Augen funkelten. Er setzte den Blinker nach rechts, doch bog haarscharf nach links ab. „Jetzt packt der Trick siebzehn aus, unfair!", schimpfte Aurelian. Er hatte nicht so schnell geschaltet und war in die angegebene Richtung abgebogen. Aurelian probierte sie wiederzufinden, doch hier waren so viele Kreuzungen und Möglichkeiten abzubiegen, dass

167

er aufgab. „Wird schon seinen Grund haben!", sagte er. „Du bist wahnsinnig!", meinte Isabelle, von dem Manöver geschockt. „Wahnsinnig intelligent!", sagte Leandro, er grinste. „Nächste Straße links abbiegen und dann sollten wir da sein!", meinte Isabelle. Sie schaute, ob Karen ihnen vielleicht noch eine Nachricht geschrieben hatte. „Da ist ein Mädchen!", sagte Leandro, er erkannte, wie sie, mit ihren langen Haaren in ihre Richtung ausgestreckt, an der Straßenlaterne hing. Leandro ging etwas vor Isabelle, da er eher wüsste, ob es sich um Karen handelte. „Karen?", fragte er ganz behutsam. Karen heulte fürchterlich. Er ging einen Schritt näher auf sie zu und wiederholte ihren Namen. „Ja?", fragte Karen. Sie weinte noch immer. „Kann ich mit dir reden?", fragte er. Sie drehte sich um, weil sie Isabelles Atem wahrgenommen hatte. „Alleine?", fragte sie ängstlich. „Es ist alles gut!", redete Isabelle ihr Mut zu und teilte ihr mit, dass sie es verkraften würde, falls es um Leandro ginge. „I- ich bin in d- dich verliebt!", sagte sie stotternd. Karen schaute zu Isabelle rüber, sicher würde die jetzt gewaltigen Zorn auf sie verspüren. Aber an Isabelles ruhigem Gesichtsausdruck tat sich nichts. „Das ist nicht schlimm!", meinte Leandro und nahm sie tröstend in den Arm. „Aber ich bin mit Isabelle zusammen, beziehungsweise sogar verheiratet!", er schmunzelte leicht. Karen blickte Isabelle an, dann nickte sie Leandro zu. Ihre Welt war wieder heile. „Darf ich fahren?", fragte sie. „Klar, aber nicht, dass Leandro und ich auf der Rückbank rumknutschen und du es durch den Rückspiegel sehen musst!", ärgerte Isabelle sie humorvoll. „Da sind die ja wieder!", meinte Aurelian und stieg geschwind in sein Taxi ein. „Die Strecke wieder

168

zurück?", fragte er sich verdutzt, dann sah er, dass das Taxi jetzt gar nicht mehr von Leandro gesteuert wurde. „Ist ja langweilig!", sagte er sich. Die restliche Strecke fuhr er ganz gediegen in der zulässigen Höchstgeschwindigkeit. „Was war los, Karen?", fragte Theo, Karen schluckte. „Nichts Wildes!", entgegnete Leandro. Theo akzeptierte zum Glück, wenn ihn etwas nichts anging, Aurelian war da schon anders drauf. „Es geht dich einen Scheißdreck an!", Karen wurde deutlich. „Sorry!", gab Aurelian klein bei. „Haben die noch irgendwelchen Unfug gemacht?", fragte Aurelian. „Nein, die Kinder sind ja mal still!", meinte Aurelian richtig angetan. „Du musst sie an die Hand nehmen, aber richtig, dann läuft das auch!", sagte Leandro. „Dann beginnen wir, zu bauen?", fragte Isabelle. Leandro bejahte. „Ich ruf die Gerüstbauer an, du erklärst den Kindern was passiert, nicht, dass sie uns einen Strich durch die Rechnung machen!", sagte er zu Karen, welche sich vor einer Herkulesaufgabe sah, da ihr Portugiesisch bekanntlich nicht das Beste war. Doch sie meisterte es mit Bravour. Leandro erklärte den brasilianischen Kids, wie sie mit anpacken konnten. Nach vier Monaten stand ein kleines Haus und ein langes, mehrstöckiges Haus. „Puh!", sagte Aurelian erschöpft. „Fertig!", jubelte Theo und nahm sich eines der Brötchen, die herumgereicht wurden. „Von außen ja!", sagte Leandro und sorgte für Stöhnen bei den anderen. „Aber ich dachte, der Innenausbau wäre auch schon fertig?", fragte Karen verwundert. „Ist der auch, bautechnisch ist soweit alles fertig!", meinte Leandro. „Aber?", fragte Isabelle. Wenn sie etwas an Leandro störte, dann war es definitiv seine Geheimnistuerei, welche er manchmal an den Tag legte. „Die sprechen

169

kein Deutsch, de facto können sie sich mit den meisten Leuten hier nicht verständigen. Bildung haben die auch nie genossen. Die Häuser sind zwar komplett bezahlt, aber ihren Strom und ihr Wasser müssen die irgendwann selber zahlen. Deswegen arrangieren wir Privatlehrer, die ihnen Unterricht geben!", klärte Leandro sie auf. Ohne, dass man sie verstehen konnte, sah man, wie gut es den brasilianischen Kids ging. Da war jeder Zweifel erhaben. „Wir müssen unser Haus auch mal bestaunen!", sagte Aurelian, doch er stellte fest, dass es da noch recht wenig zu Bestaunen gab. „Die Räume sind schön groß und keine Dachschrägen!", freute Karen sich. Der Baustil entsprach ihrer Vorstellung von ihrem Traumhaus. „In das Zimmer kommt das Sofa und der Tisch für die Bierflaschen. Und der DVD-Player!", meinte Aurelian. Er war in seinem Element. „Dann wird das unser Schlafzimmer!", meinte Leandro verträumt zu Isabelle, welche eigentlich ein anderes Zimmer wollte, doch das hatte sich Aurelian schon unter den Nagel gerissen. Der kleine Teo nahm ein kleines Zimmer. „Wer hat denn den Bauplan gemacht?", fragte Theo, es war bloß noch ein Zimmer nicht vergeben, aber er und Karen standen noch ohne da. „Nimm du es ruhig, dann penne ich im Wohnzimmer!", meinte Karen schüchtern. „Wir können ein Doppelzimmer sein!", sagte Theo, er meinte es ernst. „Na gut!", sagte Karen, sie sicherte sich das Bett, welches auf der Fensterseite stand. Die nächsten Wochen brachten sie erstmal damit zu, herauszufinden, wie man ganz ohne Eltern so einen Haushalt schmiss. Bis auf Aurelian standen sie alle zum ersten Mal auf eigenen Füßen und der war kein Para-

170

debeispiel, wenn es darum ging, einen geregelten Haushalt zu führen. „Ich konnte mich heute mit einer über das Mittagessen unterhalten!", sagte Isabelle. Regelmäßig gingen sie mal rüber, um zu schauen, was bei den brasilianischen Kindern abging. Einige waren jetzt auch schon fast volljährig, einer von ihnen hatte einen Job ergattern können und ein anderer würde diesen Herbst sogar anfangen, zu studieren. Um sie mussten sich Leandro und Co. keine Sorgen mehr machen. „Aurelian!", meckerte Isabelle. „Wir haben doch vereinbart, dass du den Fernseher nur einschaltest, wenn wir anderen schon schlafen!", sagte sie. Mürrisch knipste Aurelian ihn aus. „Nacht!", sagte er. „Gehst du jetzt pennen?", fragte Leandro verwundert. „Jo, dann stehe ich heut Nacht wieder auf. Was soll ich denn jetzt machen?", fragte Aurelian. „Zeit mit uns verbringen!", schlug Leandro vor. Aurelian knallte die Wohnzimmertür hinter sich zu. „Er wird immer so sein!", sagte Isabelle, sie und Leandro lachten. „Heute Nacht?", fragte Isabelle, Leandro klatschte ihr auf den Arsch. „Was sind denn das für Geräusche?", dachte Aurelian, welcher eben wieder aufgestanden war und seine DVD' s, jetzt, wo alles schlummern dürfte, zum x-ten Mal durchschauen wollte. „Naja!", sagte er, griff in die obligatorische Chipstüte und philosophierte darüber, was aus ihm hätte werden können, wenn er sich ins Zeug gelegt hätte. „Ach, ich bin zufrieden mit meinem Leben!", sagte er und spulte zurück, weil er nochmal sein Augenmerk auf die Details legen wollte. „Lecker!", sagte Karen, sie frühstückten tagtäglich alle zusammen, Aurelian besorgte stets die Brötchen, dazu konnte er sich aufraffen. „Was is' n mit unserem Traumpaar, sind die auf Diät?", fragte Theo. „Ich weiß

171

es nicht!", sagte Aurelian gleichgültig, er biss in sein Nutellabrötchen, die Nuss-Nougat-Creme blieb an seiner Lippe hängen. Karen wollte einen Witz darüber reißen, doch Isabelle und Leandro kamen herein und die Aufmerksamkeit verlagerte sich zu ihnen. „Habt ihr nen Schäferstündchen gehalten?", fragte Karen, versaut sah sie Leandro an. Leandro wurde rot, er fühlte sich erwischt. Karen konnte ja nicht ahnen, dass sie mit ihrer spaßig gemeinten Vermutung nahe an der Wahrheit lag. „Ja, er hat mich wild durchgevögelt!", sagte Isabelle selbstbewusst. Sie zeigte stolz einen Schwangerschaftstest in die Runde. „Hoffentlich negativ, auf Blagen hab ich echt kein Bock!", meinte Aurelian. Der Test war positiv. „Herzlichen Glückwunsch!", Karen umarmte sie. Aurelian verschwendete einen kurzen Gedanken daran, dass es ja eine Fehlgeburt werden könnte, aber dann beglückwünschte er seine Cousine und deren Ehemann auch. „Welche Stellung?", fragte Aurelian. Leandro wollte die Bratpfanne nehmen und ihm auf den Kopf hauen, doch er entschied sich für die humanere Variante, eine Schelle. „Wisst ihr schon einen Namen?", fragte Theo. „Nein, wir wissen ja noch gar nicht, ob es ein Junge oder ein Mädchen wird!", erwiderte Leandro. „Wenn es ein Junge wird, hätte ich einen guten Nam..!", wollte Aurelian sagen, doch Leandro unterbrach ihn. „Er wird mit Sicherheit nicht Aurelian Junior heißen!", sagte er, Aurelian blickte enttäuscht. In den nächsten Wochen und Monaten wurde Isabelles Bauch immer runder. Irgendwann sah er laut Aurelian wie eine dicke Kartoffel aus. „Wann kommt es denn zur Welt?", fragte er, Isabelle lag die letzten Tage nur noch im Bett, zu weh tat ihr das Laufen. „Morgen!", sagte sie, Leandro,

172

der ihre Hand streichelte, guckte verdutzt. „Du bist doch erst seit sieben Monaten schwanger!", meinte er. „Trotzdem!", entgegnete Isabelle, sie setzte sich hin und trank ein Glas Mineralwasser. „Soll ich dich ins Krankenhaus fahren?", fragte Aurelian, Isabelle spuckte das Wasser aus ihrem Mund. „Besser nicht, ich möchte, dass mein Kind heile zur Welt kommen wird!", sagte sie schadenfroh und meinte zu Leandro, dass er heute Abend schon mal beim Krankenhaus anrufen sollte. Liebend gerne wäre Aurelian bei der Geburt dabei gewesen, doch Isabelle wollte mit Leandro allein sein.

Kapitel 9: Nachwuchs

„Au!, Ahh!", die Wehen hatten ihren Höhepunkt erreicht. „Alles gut!", sagte Leandro und packte ihr an die Stirn. Eine halbe Stunde später war ihr Kind geboren. „Der sieht aber süß aus!", sagte die Krankenschwester, welche meinte, dass das Neugeborene weder nach Mami, noch nach Papi aussehen würde, aber in der Kombination würde es hinkommen. Isabelle und Leandro strahlten um die Wette. „Was hältst du von *Felix*?", fragte Leandro. „Sehr schöner Name, der bedeutet Glück!", zeigte sich Isabelle sofort einverstanden. Nun durften auch Aurelian, Karen, Theo und Teo, welche zuvor draußen gewartet hatten, zu ihnen. „Immerhin ist es ein Junge!", meinte Aurelian, dem es irgendwie nicht ganz geheuer war, seine kleine Cousine da so liegen zu sehen. „Der wird Schauspieler!", sagte Karen, doch Leandro meinte, dass er mal erst erwachsen werden und reifen solle. „Wie heißt er denn jetzt?", fragte Teo neugierig. „Felix!", antwortete Leandro. Alle fanden den Namen schön. „Ist nur nicht so besonders!", meinte Aurelian, selbstverständlich musste er wieder irgendetwas Negatives daran finden. „So besonders wie du sind nur die Wenigsten!", antwortete Isabelle und zwinkerte ihm zu. Zufrieden mit sich selbst blickte Aurelian auf Isabelle und Leandro, die ihren Felix liebevoll in den Armen schaukelten. „Da musstest du deine Filme diese Nacht wohl abbrechen!", meinte Karen scherzhaft zu Aurelian. Felix war in den frühen Morgenstunden geboren worden. „Ja, war echt scheiße!", fluchte Aurelian, Leandro warf ein, dass er

174

doch eh schon alles auswendig wisse. Aurelian warf ihm einen bösen Blick zu. „Dafür geht's morgen Nacht weiter, nur diesmal mit vertauschten Rollen und nicht auf dem Fernseher, sondern im Internet!", sagte er. „Hä?", fragte Leandro. „Hab letztens ein Casting gemacht und das wird morgen hochgeladen und veröffentlicht!", meinte Aurelian stolz. „Casting?", fragte Isabelle. „Ich bin jetzt berufstätig, als Erotikdarsteller!", meinte Aurelian und sorgte für einen großen Schock bei den anderen. „Du verarscht uns, oder?", fragte Isabelle. Sie hoffte, dass er das tat. „Nein, könnt ihr euch auch gerne reinziehen, aber bei euch scheint es ja auch so zu laufen!", meinte er zu Isabelle und Leandro, die nicht wussten, was sie dazu noch sagen sollten. „Ich guck' s mir mit dir an!", sagte Isabelle. „Das kauft dir keiner ab!", meinte Theo, aber Isabelle wollte es wirklich durchziehen. Sie wollte sehen, ob Aurelian Spaß bei der Sache haben und diese gut machen würde. „So!", sagte Aurelian, er suchte nach seinem Casting, welches direkt auf der ersten Seite erschien. „Schon fünfzigtausend Aufrufe!", staunte Isabelle, die allerdings erst noch herausfinden musste, was sie davon halten sollte. „Wie du siehst, habe ich Spaß und mache meine Sache mehr als nur gut, würde ich mal sagen!", meinte Aurelian, dem es gefiel, sich selbst in Action zu betrachten. Auch wenn Isabelle nicht alles sehen wollte, war sie insgesamt positiv gestimmt. „Das hat ganz schön gute Bewertungen. Aber das war ne einmalige Sache, oder?", fragte sie. „Nope. Ich drehe jetzt regelmäßig, immer mit ner anderen Alten!", sagte er und erzählte Isabelle von seinen Ideen, welche er noch alle bei den Produzenten eingebracht

175

hatte. Definitiv nichts für schwache Nerven. „Und?", fragte Leandro zögerlich, als Isabelle ins Wohnzimmer, welches heute ausnahmsweise mal für sie, Karen und die zwei T(h)eos freigehalten war, kam. „Ich war positiv überrascht. Es macht ihm Spaß und er verdient gutes Geld damit!", Isabelle zog die Schultern hoch. „Er hat einen Job!", sagte sie und alle brachen in schallendes Gelächter aus, wovon Aurelian nichts mitbekam, da er vertieft in seine Clips war. „Den Job gab es doch, als ich mein Abi fertig hatte, auch schon!" Er ärgerte sich, ihn nicht früher ergriffen zu haben. Auch gesundheitlich tat es ihm, der sich sonst viel zu wenig bewegte, sehr gut. Die Brasilianer im Hause nebenan hatten sich zurechtgefunden, zwar würde ihre harte Zeit in der Heimat immer in ihren Herzen bleiben, doch sie hatten hier das Leben zu mögen gelernt. Ihnen stand eine aussichtsreiche Zukunft bevor. Die Türen ihres Hauses und die des Hauses von Leandro und Co. standen manchmal einfach offen. Wenn jemand rüberkommen wollte, tat er das. Karen, Isabelle und die Anderen mussten nicht befürchten, dass ihre Bude von zwanzig Mann gestürmt würde, es war ein respektvolles Zusammenleben. „Bald geht der schon in die Schule!", sagte Aurelian. Felix hatte in den letzten Jahren einen richtigen Sprung gemacht und würde definitiv größer als seine recht klein geratenen Eltern werden. Er war kerngesund und übte schon mit Leandro Englisch, damit er später international Karriere machen könnte, auch wenn Leandro ihm vehement eintrichterte, er solle sich erst einmal selber finden und verschiedene Sachen ausprobieren. Karen guckte Felix auffällig häufig an. „Du, Theo!", sagte sie, als die beiden alleine im Haus waren. „Ja?", meinte Theo fragend. „Ich
176

will auch ein Kind!", sagte Karen, Theo sagte ihr, dass sie dafür erst einmal einen Mann brauche. „Einen Bettpartner!", entgegnete sie und redete Theo, welcher ihr Ratschläge von anderweitigen Möglichkeiten gab, förmlich herunter. Sie wollte sich nicht künstlich befruchten lassen oder dergleichen, naturgezeugt sollte es sein. „Es ist grad Keiner da!", sagte sie zu Theo, Karen ließ ihm keine Wahl. „Schlecht sieht sie nicht aus und Sex hatte ich auch noch nie!", ging es Theo, welcher sich erfolglos gegen seine eigenen Gedanken wehrte, durch den Kopf. Vom ganzen Gestöhne bekam der Rest der Bande nichts mit, aber mit einmal Rummachen war es blöderweise nicht getan. Schnell blieb es nicht mehr unbemerkt und Karen und Theo sahen sich in Erklärungsnot. „Wir wollten nur mal schauen, wie es ist!", sagte Theo. Karen stimmte ihm alibimäßig durch ein Nicken zu, doch das glaubte ihnen Niemand. Leandro ahnte, dass es von Karen ausging. Er redete mit ihr, unter vier Augen. „Und?", war das erste, was er zu ihr sagte. Karen stöhnte. „Ich möchte auch ein Kind, ihr seid so glücklich mit eurem Felix!", sagte sie und bemerkte, wie Leandros Kopf ratterte. Er versuchte, die richtigen Worte zu finden. „Deswegen treibst du es mit Theo?", fragte er sie nüchtern, Karen überlegte und meinte dann schlichtweg: „Ja!" Leandro hatte zuvor das Gespräch mit Theo gesucht, der ihm geschildert hatte, dass es beim ersten Mal durchaus nice war, aber danach hätte er sich von Karen belästigt gefühlt. „Theo gefällt das nicht!", machte Leandro ihr klar. Karen akzeptierte es und entschuldigte sich sofort bei Theo, welcher ihr verzieh. „Dafür hast du mich entjungfert!",

177

sagte er, wofür die Thematik für ihn abgeschlossen war. In Einzelgesprächen erklärte Karen den Übrigen, warum sie das getan hatte. Sie saßen am Frühstückstisch und alles war wieder Friede-Freude-Eierkuchen. „Reichst du mir bitte mal die Butter?", fragte Aurelian. „Klar, mit schmierigen Sachen kennst du dich ja aus!", antwortete Karen. Der hatte gesessen, und wie. „Wer im Glashaus sitzt, sollte besser nicht mit Steinen schmeißen!", entgegnete Aurelian. Karen, die von allen angestarrt wurde, erhob sich. „Warte mal, ich hab ne Idee!", sagte Aurelian. Karen schenkte ihm Gehör. „Was hältst du denn von Adoption?", fragte er. Karen verneinte, Leandro jedoch meinte, dass sie sonst kein Kind bekäme. Zwiespältig meinte Karen, dass man da doch gar nicht wissen würde, an wen man gerate. „Das weißt du vor einer Geburt auch nicht!", hielt Isabelle dagegen. Das Argument half Karen bei ihrer Entscheidung. „Okay, ich mach's!", sagte sie, sicher in ihrer Meinung. „Noch ein Kind. Naja, die müssen sich mit mir auch arrangieren!", dachte Aurelian sich. Im Kinderheim hofften alle Kinder, dass sie adoptiert werden würden. Ihre Pflegerinnen gaben sich Mühe, aber es war nicht das gleiche, wie ein eigenes Zuhause. „Die tun mir so leid!", sagte Karen, gemeinsam mit Isabelle und Leandro ging sie durch die Einrichtung. Isabelle musste bei ihren Worten schluchzen. Sie wusste, wie es ohne Eltern war. Furchtbar leid tat es Karen auch, dass sie nur eines der Kinder mitnehmen können würde und alle anderen, welche genau wussten, weswegen sie hier war, enttäuschen müsste. „Können Sie schon eine Entscheidung fällen?", fragte eine Frau, die Chefin des Kinderheimes. Karen

178

brach erstmal in Tränen aus, Leandro versicherte der verwirrt blickenden Chefin, dass sie sich keine Sorgen machen müsse und der Junge oder das Mädchen sich bei ihr pudelwohl fühlen würde. „Trotzdem bräuchte ich eine Entscheidung!", sagte die Frau, jetzt leicht genervt. Karen blickte ihre Freunde an, die den Blick erwiderten, was ihr zeigte, dass es allein ihre Entscheidung war. „Daria!", sagte Karen. Daria war pummelig, hatte Pickel im Gesicht und im Gegensatz zu allen anderen Kindern, hatte sie Karen nicht darum angebettelt, sie zu Hause aufzunehmen. „In Ordnung!", meinte die Chefin und teilte der neunjährigen Daria mit, dass Karen sie gerne adoptieren wolle. „Meinetwegen!", sagte Daria. Sie packte ihre Sachen, die alle in einen kleinen Koffer passten. „Wo wohnst du?", fragte sie Karen. „Zusammen mit den beiden und noch ein paar anderen in einem schönen Haus!", meinte Karen zu ihr. „Pah!", sagte Daria, Leandro beschlich bereits eine Vorahnung. „Warum hat sie sich den nicht für eines der anderen Kids entschieden?", dachte er sich. „Das ist Daria!", sagte Karen, als sie heimgekommen waren. Aurelian musterte Daria, die sich nicht traute, einen Ton zu sagen. „Ein schüchternes Pummelchen!", dachte Aurelian. „Kommt mir gelegen!", meinte er. Besser als ein aufbrausender Bub, der den ganzen Tag nur reimkreischen würde. Doch Aurelian täuschte sich. „Daria, hör auf das Müsli aus der Verpackung zu essen!", musste Karen sie mal wieder ermahnen. Kaum war Daria aus dem Kinderheim raus, stellte sie so viel Unsinn wie möglich an. Mittlerweile schlossen Leandro und Isabelle schon immer das Schlafzimmer ab, weil Daria sie sonst stören würde. Alle waren genervt von ihr. „Hätte ich sie doch bloß nicht

179

adoptiert!", sagte Karen heulend zu Isabelle, die mit ihr am Treppengeländer stand. „Red sowas nicht!", sagte Isabelle, doch Karen meinte es todernst. Diese Nacht hatte sie sogar darüber nachgedacht, Daria wieder im Heim abzugeben. „Wie soll ich das schaffen?", fragte sie mit Tränen in den Augen. „Vielleicht musst du einfach mal ein Machtwort mit ihr sprechen!", sagte Aurelian, der hinzugekommen war. Stirnrunzelnd sah Karen Isabelle an. „Du musst ihr zeigen, wer der Chef ist. Aber du darfst nicht den Fehler machen, dass sie sich eingeschüchtert fühlt!", meinte Isabelle. „Und wie mache ich diesen Fehler nicht?", fragte Karen. Sie traute sich überhaupt nichts mehr zu. „Sag, dass wenn sie dir gehorcht, sie auch weniger Stress haben wird!", meinte Isabelle. Ständig hatte Karen Daria Anschiss erteilen müssen, zurecht. „Lass die Schläge weg!", sagte Aurelian, der sich erinnerte, dass seine Mutter nicht zimperlich mit ihm umging. „Daher kommen meine Aggressionen!", dachte er sich. „Wenn ihr meint!", sagte Karen, die zu Daria ins Wohnzimmer ging und fragte, ob diese die Flimmerkiste nicht mal ausstellen wolle. „Das wäre ne Maßnahme!", sagte Aurelian, welchem sein liebster Aufenthaltsort abhandengekommen war, angefressen zu Isabelle. Die lachte müde. Daria ignorierte ihre Erziehungsberechtigte, Karen ging auf den Fernseher zu und knipste den Strom aus. „Ey, du Fotze!", schrie Daria. „Die kennt ja schon Wörter!", meinte Isabelle zu Aurelian, welcher das gleiche dachte. „Hör auf, mich zu treten!", sagte Karen entschieden und drückte Daria zurück auf den Sessel. Daria versuchte wieder zu attackieren, doch sie konnte nicht aufstehen. „Hör mir zu!", befahl Karen in einem freundschaftlichen, aber doch ernsthaften Ton.

180

„Hör auf, hier jedem das Leben zur Hölle zu machen, dann geht es dir hier auch gut!", meinte sie. Daria drückte auf den Power-Knopf der Fernbedienung, doch das Elektrogerät zeigte weder Bild, noch hörte sie Ton. „Sonst muss ich dich wieder im Heim abgeben!" Karen hatte lange überlegt, ob sie diesen Satz sagen sollte. Sie hatte Angst vor Darias Reaktion. Still und schweigsam saß Daria in dem Sessel, dann brach sie auf einmal in Tränen aus. „Tut mir leid!", sagte sie. Karen nahm sie in den Arm. „Die spielen zusammen!", meinte Leandro ungläubig zu Karen. Bis gestern waren ihre beiden Kinder noch Todfeinde gewesen. „Ja!", sagte Karen. Sie war stolz. „Wann geht's wieder auf Tournee?", fragte sie ihn. „Ich will nicht abgehoben klingen, aber ich kann mich jederzeit für die Hauptrolle bei der Agentin melden!", sagte Leandro. „Aber?", fragte Karen. „Dann wäre Isabelle mit Felix allein!", sagte Leandro zögerlich. „Und?", hakte Karen bei ihm nach. „Naja!", sagte er nur. „Sie ist alt genug!", Karen lachte. Sie fand es süß, dass Leandro stets die Verantwortung auf seinen Schultern tragen wollte. Felix entwickelte sich nicht wie erwartet weiter, mit mal interessierte ihn die Schauspielerei nicht mehr, Kampfsport war sein neues Ding. „Dann sehe ich dich demnächst im Ring!", meinte Aurelian zu ihm. Neben seinen Filmen guckte er ab und an auch Boxen. „Darauf kannst du Gift nehmen!", meinte Felix ehrgeizig. Sechzehn Jahre war er mittlerweile alt und boxte in seiner Altersklasse alle nach Strich und Faden weg. Daria war jetzt schon eine Frau in den Mitzwanzigern. Sie hatte, von dem Geld, welches Karen verdiente, mitfinanziert, sich mit einem Schönheitssalon selbstständig gemacht. Besonders freute sie sich über

181

männliche Kundschaft, da Männer ihrer Meinung nach alle eine Aufhübschung bitter nötig hatten. Ausgezogen waren die beiden nicht, das wollten sie nicht. Stattdessen hatten Leandro, Aurelian und Co. angebaut. „Nicht, dass unser Haus irgendwann noch so groß, wie das der Brasilianertruppe wird!", sagte Aurelian. Sie hatten gut lachen. Teo wurde, wie versprochen, von Gregor der Küchenjob angeboten, doch er lehnte ab. „Wenn meine Freunde nicht gut genug für Sie sind, sind Sie nicht gut genug für mich!", meinte er. Aufs Arbeiten angewiesen war Teo nicht, aber nur rumsitzen? Das sollte es dann auch nicht sein. Er probierte verschiedene Hobbys aus und blieb beim Designen von Grafikelementen hängen. „Hast du das gemacht?", fragte Karen. „Ja, wie findest du's?", fragte Teo. „Professionell!", meinte Karen, die mit ihren Augen näher an den Bildschirm heranrückte. „Leandro!" „Theo!", „Daria!" „Schaut mal, was Teo gezaubert hat!", schrie Karen quer durchs Haus. „Hör auf!", meinte Teo beschämt. Nun standen alle hinter ihm und betrachteten sein Design. „Das musst du jetzt bloß irgendwie zu Geld machen!", sagte Aurelian, welcher sich einen Lamborghini zugelegt hatte. „Ich hab von sowas keine Ahnung!", meinte Teo enttäuscht. Liebend gerne würde er sein neues Hobby zum Beruf machen. Leandro ging aus dem Zimmer und telefonierte. „Ja, hallo, ach Leandro!", sagte die Agentin. „Möchtest du im nächsten Musical wieder mitspielen?" fragte sie. „Ja, das auch. Karen und Isabelle auch!", meinte er. „Freut mich!", sagte die Agentin, welche Karen und Isabelle nur kulanzhalber jedes Mal mitspielen ließ. „Tschü..!"

182

„Warten Sie. Wir brauchen frischen Wind in unserem Marketing, meinten Sie doch?", sagte er gespannt, was sie antworten würde. „Ja, aber bis jetzt waren die Bewerber eher mäßig!", sagte die Agentin gefrustet. „Ich habe hier einen für Sie. Noch jung und unerfahren!", meinte Aurelian. Die Agentin antwortete erst nicht. „Unerfahren heißt auch, dass die Person noch nicht festgefahren in ihrem Stil ist!", sagte sie und bat Leandro darum, Kontakt herzustellen. „Wo warst du?", fragte Karen. „Theo, du machst das. Mit uns!", sagte Leandro. „Mit uns? Wer ist uns?", fragte Aurelian. „Mit dir, mir, Karen und Isabelle!", erklärte Leandro. „Was haben wir denn mit Design zu tun?", fragte Isabelle verdutzt. „Wir spielen im nächsten Musical mit, können ja nicht nur zu Hause sitzen. Ich habe mit der Agentin telefoniert, Theo wird die Flyer und Online-Banner für uns erstellen. Wir wollen da eh was Neues. Und du wirst entsprechend entlohnt!", sagte Leandro zu Theo, der motiviert Leandro fragte, was denn die Anforderungen seien. „Da bist du in deiner Freiheit vollkommen uneingeschränkt. Nur zum Thema sollte es passen!", sagte Leandro. In den nächsten Tagen arbeitete Teo intensiv an seinen Zeichnungen, mehr als zehn Stunden am Tag. Ihm machte es richtig Spaß, sich Tag für Tag zu verausgaben, um ein stimmiges Gesamtbild zu erhalten. Am Ende stand ein fabelhaftes Design, welches durch seine Einfachheit bestach. Es zeigte Leandro in seiner Hauptrolle, einem Jungen ohne Verkleidung oder sonstigem Tarra, sondern ganz authentisch in schlicht schwarzen Klamotten. Neben ihm war das Plakat mit Karen, Aurelian, Isabelle, Theo und auch Daria und Felix, deren Teilnahme Leandro ebenfalls bei der Agentin durchgedrückt hatte, in einer 3D-Optik ausgestaltet. Als besonderen Kniff hatte Teo sich selbst, wie er das Plakat gestaltete, in dieses integriert. Leandro hatte die Agentin überzeugt, ihre eigene Geschichte auf die Bühne zu bringen. Auch Pato, Franco und die Taxifahrer kamen vor. Bis auf Pato und Franco wurden alle Figuren von den Originalpersonen gespielt. Das Musical war das Erfolgreichste, welches die erfahrene Agentin je erlebt hatte.